新注和歌文学叢書16

京極派揺籃期和歌新注

岩佐美代子 著

青簡舎

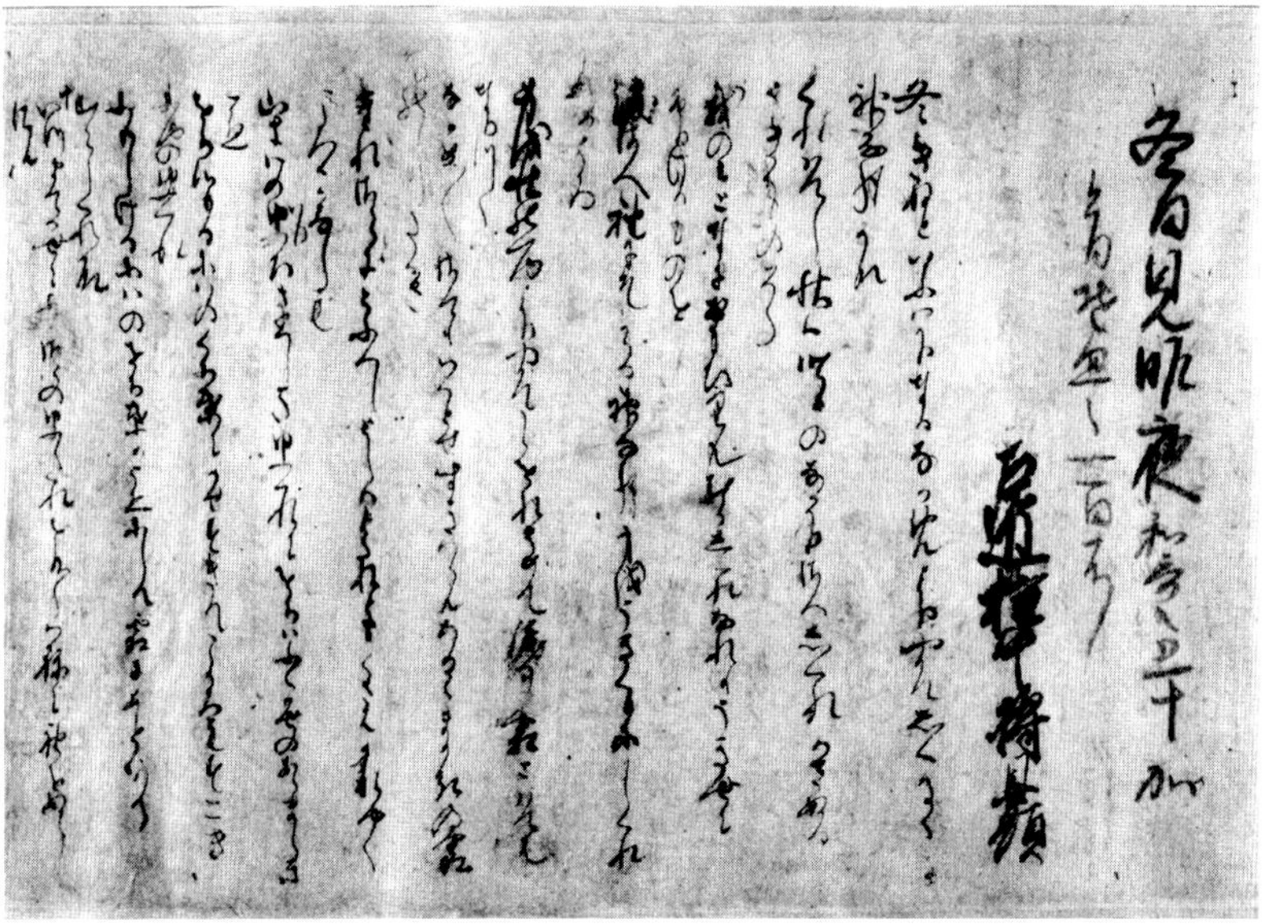

中院具顕百首（看聞日記紙背詠草六〇）　宮内庁書陵部蔵

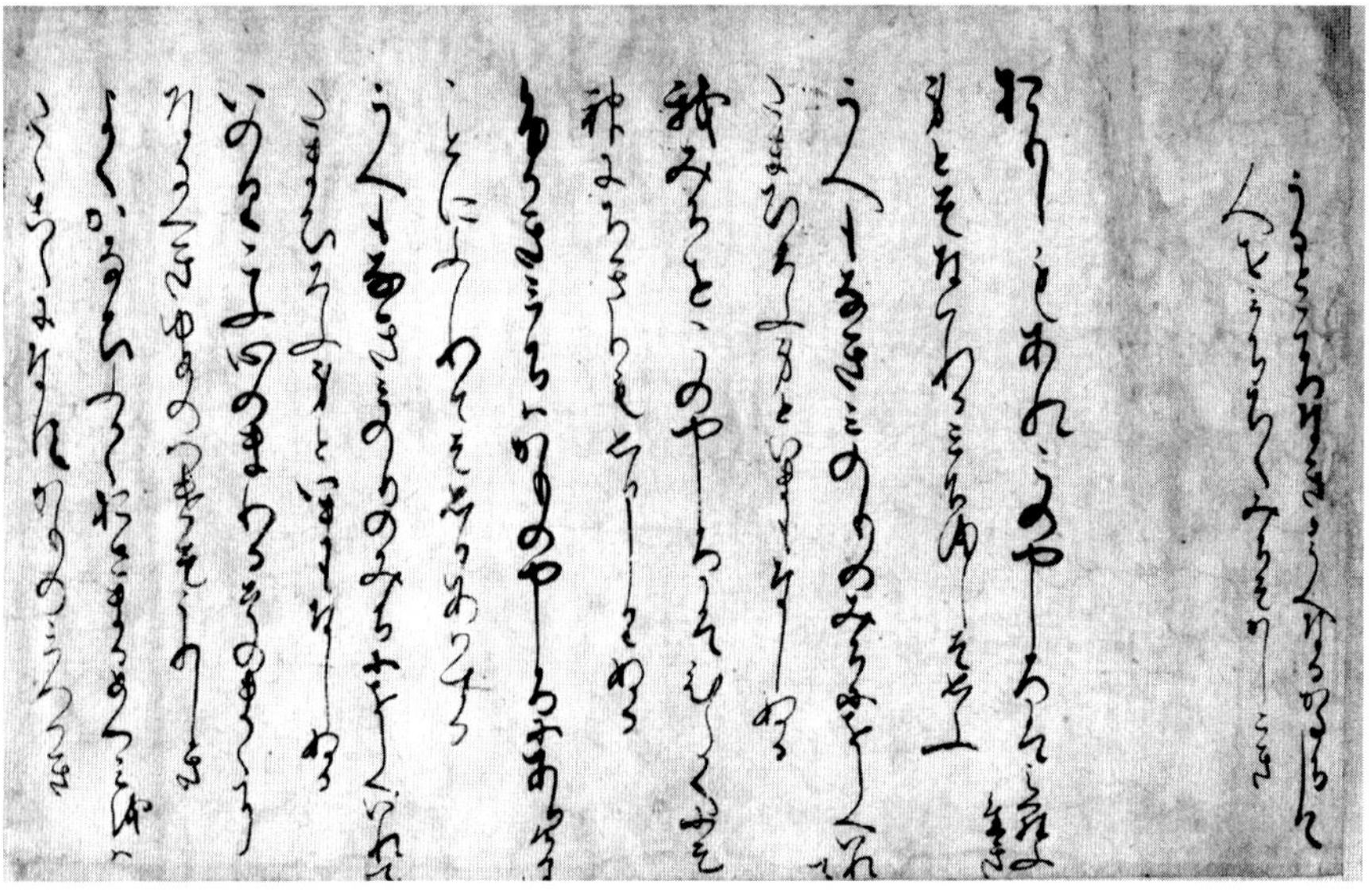

京極為兼和歌詠草２（看聞日記紙背詠草六七）　宮内庁書陵部蔵

目次

解説

凡例

一、弘安三～十年（一二八〇～八七）に成立したと推定される、京極派揺籃期の詠作一一作品、五五八首を集成し、解説注釈を加えた。

一、底本としては次の三者を用いた。

春宮御集《伏見院》　冷泉家時雨亭叢書『中世私家集十』所収影印。

弘安八年四月歌合　刈谷市立図書館蔵、蘆庵本『歌合部類』国文学研究資料館蔵影印。

看聞日記紙背詠草　『図書寮叢刊　看聞日記紙背文書・別記』所収翻刻。

一、本文表記は、『図書寮叢刊』における（　）内傍書まですべて各底本に従ったが、漢字は通行の字体に改め、かな表記には濁点を付した。

一、読みにくい表記には〈　〉内に漢字や歴史的仮名遣いを傍書した。

一、歌合判詞には句読点、漢文表記や端作りには返り点や送り仮名を付した。

一、丁移りは」、紙移りは』をもって示した。

一、作品毎に歌頭に歌番号を付した。

一、各作品の冒頭に解説を付したが、形式・内容は一定せず、作品の性格により、必要に従って定めた。

一、注釈は、校異・現代語訳・参考・他出・語釈・補説を示した。

一、年齢表示には算用数字を用いた。
一、末尾に、ほぼ当代詠と目されるが揺籃期グループ詠とは一線を画する、看聞日記紙背詠草三点につき、「補遺」として略述した。
一、巻末「解説」には、時代概観・春宮（伏見院）と為兼の歌事・作品存在の意義について述べた。
一、参考として頻出する小著の刊行年は次の通りである。
『京極派歌人の研究』一九七四年、改訂新装版二〇〇七年
『京極派和歌の研究』一九八七年、改訂増補新装版二〇〇七年
『光厳院御集全釈』二〇〇〇年
一、末尾に和歌初句索引を付した。歴史的仮名遣い、五十音順とし、掲載頁数を示した。不明字句は本文の推定により補った。

注釈

伏見院春宮御集

書誌

冷泉家時雨亭文庫蔵。同亭叢書『中世私家集　十』（二〇〇七）に影印所収。同書解題（久保田淳・小林一彦）により、概略を記す。

重要文化財。綴葉装一帖、24・6×16・2㎝。墨付本文一五丁、一括。遊紙なし。前表紙左肩題簽に、「春宮《伏見院》御集」とあり、なお見返しの剝離により、その内側に覚え外題「春宮《伏見院》御集」が確認できる。四季・恋・雑、八〇首。奥書なし。鎌倉後期書写と推定される。67の歌頭に「続後拾遺」の集付があるほか、歌頭・右肩・歌末に〇一十〳〵など八種類の合点が、一首に対し複数ある場合が甚だ多いが、意味は不明、かつ影印版では果して合点かヨゴレか判断しかねるものもあり、あまりに煩雑に亘るので已むなく割愛した。詳しくは影印によられたい。

当本は嘗て、高松宮蔵（現歴史民俗博物館蔵、「書籍入箱」〈H－600－1667／特6－19〉のうちの一点）『伏見院御製』、春～秋三七首の残欠本として、『京極派歌人の研究』466頁以下に報告考察したものであるが、その完本が発見された事はまことに喜ばしい。なお右本は冷泉家本のきわめて忠実な転写本と認められる。

作者

第九二代伏見天皇。後深草院皇子、熙仁親王。文永二～文保元年（一二六五～一三一七）53。建治元年（一二七五）

立坊11。弘安十年（一二八七）践祚23。永仁六年（一二九八）退位34。同年～正安三年（一三〇一）・延慶元年～正和二年（一三〇八～一八）の二回院政、二年出家47。『玉葉集』下命者。

成立

幼年立坊・践祚が通例であった当代、異例の少・青年春宮として自覚的に帝王学としての歌道に励んだ事は、飛鳥井雅有の弘安三年（一二八〇）日記『春のみやまぢ』（春宮16歳）に詳しい。その十一月三日条、近臣等を交えての続歌百首作品中、春宮詠五首が記録されているが、うち三首が本集に入る事、及び上述の外題の書きぶりからして、その春宮当時の詠作集成（相似た歌題・修辞の存在により、複数回の催しからの秀歌撰と認められる）であり、後年、「春宮」とのみでは作者が特定できなくなった時点で、外題に「伏見院」という傍注が加えられたものと推測される。

意義

歌風は古典によく学んだ伝統的なもので、後代『新後撰集』から『新後拾遺集』に至る二条派五勅撰集に計一七首（うち一首『春のみやまぢ』と重複）入集しており、中にも16「更衣」詠は『新後撰』夏部巻頭に据えられている。その勅撰入集状況他の諸作も10代そこそこの若年者の詠とは思われない、伝統詠としての成熟ぶりを示している。その勅撰入集状況と『春のみやまぢ』に見る春宮の歌事については後述「解説」四に譲るが、当時16歳の少年として、驚くべき知識欲と詠歌精進である。

しかもその年七月六日、京極為兼27歳が出仕（おそらく初の近侍か）、忽ち近臣グループの中に入り、同八年（一二八五）歌合では、西園寺実兼・中院具顕ともども、伝統を逸脱した新奇な歌風を試み、判者もこれに共感して多く勝を与えている。状況から判断して、この判者は春宮以外にあり得ず、すなわち春宮の和歌観は弘安三年から八年までの間に、伝統から為兼新風へと大きく傾いたものと見られる。
以上を総合して、本集は伏見院弘安三年16歳頃から、為兼新風に大きく共感する同八年21歳以前の約五年間――更にあえて推測すればその前半、二・三年間における詠作の集成であり、その伝統的歌風により、二条家に伝わって同家の勅撰資料として後代まで活用される一方、京極派勅撰集においては採用される事がなかったと考えられよう。歌風は全く伝統的であるが、このような若年時にここまで古典的作風を消化し、これに熟達していた事が、それにあきたらず為兼新風に心酔し支持するに至る大きな要因であった事を示す、貴重な資料である。京極派揺籃期和歌注釈の序章の位置に、本集を据える所以である。なお〔他出〕項中、同一詞書で数首並ぶ場合の第二首以下に位置する作については、詞書を（　）内に示した。

春

1

山立春

はるやときかすみやをそ〈お〉き今日も猶昨日のま丶の峯のしらゆき

〔現代語訳〕
春の来るのが早すぎたのだろうか、それとも霞の立つのが遅いのだろうか。立春の今日もやはり、昨日の冬の姿のままを保って、峰に積っている白雪よ。

〔参考〕「春や疾き花や遅きと聞きわかむ鶯だにも鳴かずもあるかな」（古今一〇、言直）「後深草院かくれ給ひて又の年の二月ばかり、雨ふりけるに、覚助法親王の許に給はせける　露けさは昨日のま丶の涙にて秋をかけたる袖の春雨」（風雅一九七一、伏見院）

〔他出〕　新後撰九、初春の心を。

〔補説〕　勅撰集登場第一作として、為氏・家隆・清輔らに次ぎ、定家の直前という重要位置に入るこの詠が、〔作者〕に述べたような若年時の作である事に驚かされるが、周知の古今詠を見事に換骨脱胎し、豊かな大景に仕立てた手腕は、初学者詠とは思われぬ鮮かさである。以下諸詠を通じ、わずらわしいまでに参考歌をあげるのは、20歳未満という初学の時期において、作者の古典知識・教養がすでになみなみならぬものであった事を示すためである。その事を理解して味読していただきたい。

一方、「昨日のまゝの」の用例は勅撰集では参考歌の一例のみ。伏見院自身が、嘉元二年（一三〇四）七月崩の父後深草院を思い、翌年二月に詠じたもので、他の私家集・私撰集類にも用例はきわめて少い特異句である。古典摂取の妙と両々相俟って、院の本領を遺憾なく発揮した一首と言えよう。

浦霞

たごの〈田子〉うらやいそこす浪もはるはなを〈ほ〉かすみをかけてたゝぬひ〈日〉もなし

〔現代語訳〕　ここ、田子の浦では、磯を越えて打ち寄せる波も、春は何といっても、霞を伴って立たない日はないのだよ。（だから他の季節と違って、こんなにのどかな感じがするのだ）

〔参考〕「駿河なる田子の浦波立たぬ日はあれども君を恋ひぬ日はなし」（古今四八九、読人しらず）「佐保姫の名におふ山も春来ればかけて霞の衣ほすらし」（続拾遺三〇、為家）「田子の浦の風ものどけき春の日は霞ぞ波に立ちかはりける」（続拾遺三一、道因）

〔語釈〕　○たごのうら　駿河の歌枕、田子の浦。静岡県富士市の海岸。○かけ・たゝぬ　いずれも「波・霞」の縁語。
〔補説〕縁語仕立の平凡作と見過されるであろうが、田子の浦の霞をうたった歌は必ずしも多くない。古今詠を下敷きに、巧みに春季詠に取りなした、心利いた作。〔参考〕に続拾遺二詠を引いたのは無くもがなと思われようが、『続拾遺集』奏覧は弘安元年（一二七八）十二月。同三年記『春のみやまぢ』には、16歳の春宮が本集を話題にし賞翫する様が繰返し描かれる。古今詠と共に、右二詠の影響は考えられることであろう。

3

竹鶯　」一ウ

たましきのにはのくれたけいくちよもかはらぬはるのうぐひすのこゑ

〔現代語訳〕
玉を敷いたように美しい宮殿の庭の呉竹よ。そこに、何千年も変る事のない春の鶯の声が聞えるよ。
〔参考〕「九重や玉しく庭に紫の袖をつらぬる千代の初春」（長秋詠藻六一三、風雅二、俊成）「神代より変らぬ春のしるしとて霞みわたれる天の浮橋」（続後撰一、後嵯峨院）
〔他出〕続千載二一〇四、竹鶯を。
〔語釈〕**○たましきのにはのくれたけ**　「玉敷の庭」は宮殿・宮廷の美称。「呉竹」は清涼殿東庭の呉竹をさす。
〔補説〕「たましき」は中古までは「東路の笹の渡りはたましきの片端にだにあらじとぞ思ふ」（相模集一三九）のように、「偶ま」「ほんの一寸」の意に用いられ、宮殿讃美の語となったのは〔参考〕俊成詠（文治六年女御入内屏風）あたりが早い例である。すんなりと美しい新春祝賀詠。

4

春雪寒

はるとだにまだしらゆきのふるさとはあらしぞさむきみよしのゝ山

〔現代語訳〕 春が来たとさえまだ知る事のできないような、白雪の降っている、かつては都でもあったこの村里では、吹きつける嵐が一入寒いことだ、この吉野の山よ。

〔参考〕 「かきくもりまだ白雪のふる年に春とも見えで春は来にけり」（月詣集六六五、頼輔）「春やときまだ白雪の御吉野の山の峡《かひ》より出づる鶯」（壬二集一〇二八、家隆）「春とだにまだ白雪の深ければ山路とひ来る人ぞまれなる」（拾遺愚草員外六〇九、定家）

〔他出〕 続千載二五、（春雪をよませ給うける）。

〔語釈〕 **〇しらゆき** 「知らず」をかける。**〇ふるさと** 「降る」と「古里」「旧都」をかける。**〇みよしのゝ山** 大和の歌枕、吉野山。「み」は美称。万葉時代、歴代天皇の行幸の地。

〔補説〕 作者が〔参考〕に引いた先人詠を果して承知していたか、又は他に根拠があったかは不明であるが、よくこなれた措辞で、その詠歌センスの程がうかがわれる。

5

梅薫風

たちよらぬよそのそでまで梅がゝ《〈香〉》のうつるばかりにゝ《〈匂〉》ほふはるかぜ 」二オ

〔現代語訳〕 近く寄って見たわけでもない、無関係なはずの私の袖にまで、梅のよい薫りが移って来るのじゃないかと思う程に、その香を匂わせて吹く春風よ。

〔参考〕「我をこそ訪ふに憂からめ春霞花につけても立ち寄らぬかな」（後撰一一三、読人しらず）「嬉しさをよその袖まで包むかな立ち帰りぬる天の羽衣」（千載一一五七、季経）「色ならば移るばかりも染めてまし思ふ心をえやは見せける」（後撰六二一、貫之）「秋来れば常盤の山の松風もうつるばかりに身にぞしみける」（新古今三七〇、和泉式部）

〔補説〕格別の趣向があるわけではないが、古歌の詞を縦横に使いこなして、題意を巧みに表現している。

6

月前梅風

にほへどもいろぞわかれぬはるのよの月はあやなきむ《〈う〉》めのしたかぜ

〔現代語訳〕いい匂いはするけれど、どこに咲いているか、色のありかがわからないよ。「闇はあやなし」と言うが、月夜だって、その白い光に梅の花の色がまぎれてしまって、本当に仕様がないなあ、梅の下を吹く風よ。

〔参考〕「春の夜の闇はあやなし梅の花色こそ見えね香やはかくるる」（古今四一、躬恒）

〔語釈〕**○わかれぬ**　区別がつかない。**○あやなき**　筋が通らない。

〔補説〕周知の古今詠を打ち返して、月光の白さゆえに、照らしているのに白梅の色がそれとわからず、ただ匂いだけがすると興ずる。趣向の意外性により、月光と芳香とを強調した作。

7

霞間月

木のまもるかげともいはじよはの月かすむもおなじ心づくしを

〔現代語訳〕
昔の人は、「木の間をもれる月の光を見ると、心を傷める秋が来たと思う」と言ったけれど、いや、そうばかりとも言うまいよ。春の夜深い月の霞んでいるのを見ると、それも全く同じに、心をすり減らすような物思いの種になるのだもの。

〔参考〕「木の間よりもり来る月の影見れば心づくしの秋は来にけり」（古今一八四、読人しらず）

〔他出〕新後拾遺一三七、霞間月をよませ給うける。

〔補説〕これも、誰も知る名歌を逆転、秋にまさる情趣を巧みに表現している。「霞むも同じ心づくしを」という歌いおさめ方は、10歳代の詠とは思われぬ老手である。

8

故郷春月

とふ人は春やむかしのふるさとにわれならでこそ月はすみけれ　」二ウ

〔現代語訳〕
尋ねて来る人——すなわち私が「月は、また春は、昔の月、昔の春ではないのだろうか、自分の身一つは昔のままで」の古歌を連想する、この古里に、私ではなくて、ただ月だけが美しく澄んでいる。（住居も境涯も、私はすっかり変ってしまったのに）

〔参考〕「月やあらぬ春や昔の春ならぬわが身ひとつはもとの身にして」（伊勢物語五、古今七四七、業平）

〔補説〕これも前二詠と同じく巧みな古典摂取。

9
霞間山花

たちまがふかすみも色はひとつにてはなにうつろふはるの山のは

〔現代語訳〕立ち、たなびく霞も、色合は桜と全く同じであって、まさに全山花、という風情を見せつつ時を移して行く、春の山の端の情趣よ。

〔参考〕「三吉野は花にうつろふ山なれば春さへみ雪ふるさとの空」（続後撰一三四、定家）「山姫の霞の袖や匂ふらし花にうつろふ横雲の空」（続拾遺六二、通光）

〔補説〕参考歌ともども、「うつろふ」は「映ろふ」でもあり「移ろふ」でもあるという危うい所に遊んだ形であるが、「三吉野」「山姫」の具体的名称を排して、よりすっきりとした叙景に仕立てている。

10
寄風花

うつろふはこゝろづからのはなゝ《〈花な〉》らばさそふあらしをいかゞうらみむ

〔現代語訳〕（こんなに美しく咲いていても、やがて）散ってしまうのは、自分の意思によるのだ、という花であるならば、誘って散らしてしまう嵐を、どうして恨む事があろうか。

〔参考〕「春風は花のあたりをよきて吹け心づからやうつろふと見む」（古今八五、好風）「風をだに待ちてや花の

散りなまし心づからにうつろふが憂さ」（後撰八八、貫之）
〔他出〕 続千載一七二、寄風花といへる心をよませ給うける。
〔語釈〕 **○こゝろづから** 自分の心が原因で。自身の心によって。
〔補説〕 古歌を例証に、常識を覆えして嵐を弁護する若々しさが楽しい。

11　寄雪花

嵐ふく木のもとばかりうづもれてよそにつもらぬはなのしらゆき　」三オ

〔現代語訳〕
嵐の吹く木の下だけが埋もれるばかりになって、他の所には積らない、それが、冬の雪とは違う「花の白雪」というものだよ。
〔参考〕「三吉野の山下風や払ふらむ梢にかへる花の白雪」（千載九三、俊恵）
〔他出〕 春のみやまぢ一七、寄雪花。新後撰一三三、同じ心（落花）をよませ給うける。
〔補説〕 本詠および13・43・72の四首は、『春のみやまぢ』弘安三年十一月三日続歌百首、伏見院16歳の詠である。その歌才の、早期からなみなみならぬ物であった事を証する好資料であろう。「花の白雪」は平凡な歌語のように思えるが、勅撰集では〔参考〕千載詠が初出、以後当時までに五例を見るのみで、必ずしも常套表現とも言えない。

12　河款冬

ゆくはるはたちもかへらず山ぶきのはなぞうつろふゐで〈井手〉のかは浪

〔現代語訳〕 (川波ならば「たちかへる」という事もあろうが) 去って行く春はもう帰っては来ない。その形身として、山吹の花びらが空しく井手の川波に映り、散りかかっているだけだ。

〔参考〕 「色深く匂ひし事は藤波のたちもかへらで君とまれとか」(後撰一二六、兼輔)「我のみはたちもかへらぬ暁にわきても置ける袖の露かな」(後撰一〇九四、右衛門)

〔語釈〕 **○たち・かへらず** 共に「浪」の縁語。**○ゐで** 山城の歌枕、井手。京都府綴喜郡。ここを流れる玉川が山吹の名所。**○うつろふ** 「映ろふ」と「移ろふ」をかける。

〔補説〕 「たちもかへらで・ぬ」は勅撰集では〔参考〕二例のみ。格別の事はないが、季節詠の定石をよく心得た作である。

13

三月尽

お《〈を〉》しみかねつらさをたれにかこたましひとやりならぬはるのわかれぢ

〔現代語訳〕 名残を惜しんでも惜しみきれない、この辛さを一体誰に愬えたらいいのだろう。ただもう自分自身の未練な心ゆえに苦しんでいる、この春との別れ道に立っての思いを。

〔参考〕 「惜しみかねげに言ひしらぬ別れかな月も今はの有明の空」(千載九四六、兼実)「人やりの道ならなくに大方は行きうしと言ひていざ帰りなむ」(古今五八八、さね)

〔他出〕 春のみやまぢ一八、暮春、初句「とゞまらぬ」。

〔語釈〕 **○人やりならぬ** 他からの強制でなく、自分の心からする。

〔補説〕『春のみやまぢ』初句の異文は、雅有自身、記録に当り「皆忘れにたれども……悪しく書き違へたるも侍らん」と言っているので、彼の記憶違いか、作者自身による後の改訂か不明。定石通りの三月尽詠ながら、景物一つ用いず、真情を詠じてまことに美しい。作者の春に寄せる思いは以後様々に揺れ動き、その様相は小稿「伏見院の春の歌」（『京極派歌人の研究』113頁）に述べたが、より早期の作として注目される。

夏

更衣

たちかふるなごりや猶ものこるらんはなのかう〈香〉すき蟬の羽衣　」三ウ

〔現代語訳〕
春着を、夏の衣裳に裁ちかえたけれども、春の名残が今もやはり残っているらしいよ。ほのかに花の薫りがするような、蟬の羽のように透き通った薄物の夏着よ。

〔参考〕「たちかふる我が衣手の薄ければ春より夏の風ぞ涼しき」（拾遺愚草員外四二二、定家）

〔他出〕新後撰一五七、更衣の心をよませ給うける。

〔語釈〕**○たちかふる**　接頭語「たち」と「裁ち」をかけ、首夏・更衣の心をあらわす。

〔補説〕『新後撰集』夏の部の巻頭歌である。集撰定時健在の上皇の詠であるとは言え、実は20歳にも満たぬ少年時の詠が勅撰集一巻の巻頭に据えられ、新鮮な季節の情感と、動かぬ貫録とを示している事は、まことに稀有の状態であろう。「たちかふる」は勅撰集初出、「花の香うすき」はこれ一首という特異句である。本集中随一と言ってよい秀歌。

15

夕卯花

月と見てよるもやこえむゆふぐれのまがきの山にさけるうのはな

〔現代語訳〕 その白さを月光に見立てて、夜になって越えたらもっとすばらしいんじゃないかな。夕暮、ウツギの生け垣がこんもりと山のように見える中に咲いている卯の花よ。

〔参考〕「宿りしてあすも又見ん夕暮のまがきの山は色づきにけり」（夫木八六〇六、建長二年詩歌合、光俊）

〔他出〕 続千載一六九四、夕卯花を。

〔語釈〕 **○まがきの山** 『歌枕名寄』に「未勘国」。『夫木抄』に「名所不審」。茂った生け垣を山に見立てた形容か。

○うのはな ウツギの花。五月頃、白色五弁の小さな花を多くつけ、月光にまがえられる。

〔補説〕「まがきの山」は勅撰集中この一例のみ。当時の春宮の詠歌用語知識の広汎さが知られよう。

16

夕待時鳥

たのめをく《お》時とはなしにほとゝぎすゆふべはわきて猶またるらん

〔現代語訳〕 前もってちゃんと約束しておいた時、というわけでも何でもないのに、時鳥の声というものは、夕暮は特に、どうしても待たれてしまうのは、一体なぜなのだろう。

〔参考〕「頼めおく言の葉だにもなきものを何にかかれる露の命ぞ」（金葉四二〇、女別当）「小男鹿の妻よぶ声もいかなれや夕はわきて悲しかるらん」（千載三一七、修範）

〔他出〕 続千載二二八、題しらず。

〔語釈〕 ○たのめ 約束し、頼りに思わせる。男女の仲に用いる言葉であるのを、時鳥に転用して待つ意を強調する。

17

暁待郭公

つれなさを月にかこたむ《ぞかこつ》ほとゝぎすまつにむなしき在明のそら　」四オ

〔現代語訳〕 一向に声を聞かせないお前の無情さを、せめて月に怨え、歎こうよ、時鳥よ。せっかく待っているのに空しく明けかかる在明月の空の下で。

〔他出〕 続千載二三六、おなじ心（郭公）を。第二句「月にぞかこつ」。

〔補説〕 第二句の傍書は『続千載』入集時の改訂によるか。格別の特色もないが題意に正しく沿った作。

18

里郭公

さらしなや月にすぎ行《く》ほとゝぎすなぐさめかねつあかぬなごりを

〔現代語訳〕 更級の里で姥捨山の月を見ていると、一声鳴いただけで飛び過ぎて行く時鳥よ。本当に古歌に言う「なぐさめかねつ」の気持だよ、その満足できない名残惜しさは。

〔参考〕 「わが心なぐさめかねつ更級や姥捨山に照る月を見て」（古今八七八、読人しらず）

〔語釈〕 **○さらしな** 信濃の歌枕、長野県更級郡。姥捨伝説・参考古今集詠で有名。

〔補説〕 題意を古歌をあやなして巧みに詠む。「月にすぎ行く」は『国歌大観』によれば前例なく、後代文保百首その他に稀に見るのみであるが、情景を簡明に表現して作者の力量を示している。

19

河五月雨

を《お》とたて、みづまさる也山がはのいはまのなみの五月雨のそら

〔現代語訳〕 音を立てて、水量が見る見るまさって来るよ。山川の岩間の波によってそれと知られる、五月雨の空模様よ。

〔補説〕 格別先蹤とすべき歌語も見当らぬようであるが、素直に情景を見るが如くまとめている。

20

夏草露

ゆくひとはむすばですぐる夏草につゆを《お》きしむる夕だちのそら　」四ウ

〔現代語訳〕 旅行く人は、ここを一夜の宿として草を結んで枕とする事もなく、通り過ぎて行く夏草の葉に、我が物顔に露を置いて占領する、夕立の空よ。

〔語釈〕 **○むすばで** 「草」「露」の縁語。 **○をきしむる** 置き、占むる。

〔補説〕 草枕を結ばない旅人と、そこに露を結ぶ夕立。ちょっとユーモラスな対比で、趣向を構えにくい歌題を処理する。

21

夏月涼

あかず猶いはまのみづをむすぶて〈手〉になつをわすれてやどる月かげ

〔現代語訳〕満足する事なく何回も、岩間に湧く清水をすくい上げて涼を取るその手に、まだ夏である事を忘れ、すでに秋かと思わせるように映る、涼しい月の光よ。

〔参考〕「結ぶ手のしづくに濁る山の井のあかでも人にわかれぬるかな」（古今四〇四、貫之）「結ぶ手に影乱れゆく山の井のあかでも月のかたぶきにける」（新古今二五八、慈円）「さらでだに夏を忘るる松かげの岩井の水に秋は来にけり」（続拾遺二二一、後嵯峨院）

22

樹陰夏月

ひさかたの雲のいづくのかげならで木のまあけゆくみじかよの月

〔現代語訳〕あの『古今集』の「雲のいづこに月やどるらむ」とはちょっと違って、木々の間にちらちらと見えながら、そのまま明けて行く、夏の短か夜の月よ。（それも面白いじゃないか）

〔参考〕「夏の夜はまだ宵ながら明けぬるを雲のいづこに月宿るらむ」（古今一六六、深養父）

〔他出〕新千載二九三、樹陰夏月といふ事をよませ給うける。

〔語釈〕〇ひさかたの　「天」の枕詞、転じて、天に関係するもの、ここでは「雲」にかかる。

〔補説〕深養父の名歌を利用して、複雑な歌題を巧みに詠みこなす。

23

樹陰納涼

夏ごろもまだきすゞしく風すぎてたもとに秋をまつのしたかげ　」五オ

〔現代語訳〕夏の衣裳にも、早くも涼しく風が吹き過ぎて、その袂の感覚のさわやかさに、来る秋を待つ、松の木陰の快さよ。

〔参考〕「秋風は波とともにや越えぬらんまだき涼しき末の松山」（千載二二〇、親盛）「昨日今日波吹く風も秋かけてまだき涼しき松が浦島」（雅有集七六六）「雨過ぐる庭の夏草露清みまだき涼しき宿の夕陰」（伏見院御集一二六〇）

〔語釈〕**○まだき**　早くも。時も至らないのに。**○まつのしたかげ**　「松」に「待つ」をかける。

〔補説〕「まだき涼しく」は「涼しき」の形で勅撰集に〔参考〕一例、他に新古今歌人に数例と〔参考〕雅有・伏見院の例ぐらいしか見えない。「涼しく」の形では皆無であるが、ごく自然な表現として詠み入れられている。

秋

24

初秋風

いまよりのあきとはいかにふきかへておぎ《〈を〉》のはかぜ《〈葉風〉》の身にはしむらん

〔現代語訳〕「さあ、今から秋だ」とは、一体どうやって、昨日までの夏の風とは吹き変えて、荻の葉を吹く風は身にしみるような寂しさを伝えるのだろうか。

〔参考〕「秋萩の下葉色づく今よりや一人ある人の寝ねがてにする」（古今二二〇、読人しらず）「秋来ぬと聞きつる

からに我が宿の荻の葉風の吹きかはるらん」（千載二三六、侍従乳母）

〔語釈〕 **○おぎ**　イネ科の多年草。薄に似てそれより大きく、風による葉ずれの音で秋の訪れを知り、また「招《を》ぎ」を連想するとして、恋人の訪れと関連させて詠む。

25

早秋露

いまよりのつゆさへ袖にを《お》きそへてなみだかずそふ秋はきにけり

〔現代語訳〕

これから先の季節の名物である「露」さえも、袖に置き加わって、ただでさえこぼれる涙に一層その数が加わる、そんな秋が来たことだ。

〔参考〕「今よりの秋の寝覚めをいかにとも荻の葉ならで誰かとふべき」（新勅撰二二二、讃岐）「新玉の今年も半ばいたづらに涙数そふ荻の上風」（続後撰二四九、家定）

〔補説〕 22・23の題詞「樹陰」、24・25の初句「いまよりの」が重複する。単一機会の詠作としてはあり得ぬ事で、すなわち本集が複数回作品からの秀歌撰である事の証である。

26

露知秋

あきはな《ほ》をわきてものおもふ時ぞとやゆふべはかゝる袖のしらつゆ

」五ウ

〔現代語訳〕

（憂愁は別に季節を問わないとは思うものの）秋はやはり、とりわけ物思いに沈む時だと（物言わぬ露も）知ってい

るのだろうか。夕暮になると必ず袖にかかる白露よ。（それが一入涙を誘うのだ）

〔参考〕「野も山もなべて露けき時ぞとや秋来るからに袖のぬるらん」（柳葉集四一七、弘長三年八月百首、宗尊親王）

〔補説〕 風物に寄せて季節を「時ぞとや」と納得する手法はありそうに見えて少く、家隆（壬二集二七九八、夏恋）・俊成女（宝治百首五一六、初花）を見る程度である。〔参考〕宗尊親王詠は約二十年以前で、これを知る機会があったか否か不明。

27

織女待夕

まちわたるゆふべ《お》をそしとあまの川あふをいそがすかさゝぎのはし

〔現代語訳〕

一年にただ一度、渡るのを待ちこがれている七月七日の夕暮、その天の川の岸辺で、早く早くと逢うのをせき立てる、かささぎの橋よ。

〔参考〕「今日よりは今来む年の昨日をぞいつしかとのみ待ちわたるべき」（古今一八三、忠岑）

〔語釈〕 **○まちわたる** ずっと待ち続けている。「渡る」は橋の縁語。**○をそし** 遅し。早くと急がす意。**○かさゝぎのはし** 七夕の夜は鵲《かささぎ》が翼を並べて二星が相逢うための橋となるとされる。

〔補説〕 七夕後朝をうたった周知の古今詠を、巧みに「待夕」に振りかえてうたう。

28

夜荻

袖ぬるゝよはのねざめのあき風になみだをかこつにはのお《〈を〉》ぎはら　」六オ

〔現代語訳〕
自然に涙で袖がぬれてしまう、夜半の寝覚めに吹く秋風に、これは涙じゃないよ、あそこから来た露だよ、と庭の荻原を言いわけの種にすることだ。

〔参考〕「歎けとて月やは物を思はするかこち顔なるわが涙かな」（千載九三九、西行）

〔語釈〕　**○かこつ**　口実にする。責任を転嫁する。

〔補説〕構想を構えにくい題であるが、「荻」の属性から恋の心を匂わせつつ、しかも恋歌ではない四季歌に仕立てている。凡手でない。

29

野径盛萩

つゆわ[redacted]《く》るのはらのすゑのたび衣袖にみだるゝはぎのはなずり

〔現代語訳〕
露を分けてはるばると野原の遠い先までたどって行く旅の衣よ。袖に萩の花が乱れかかって色を摺りつけ、巧まずしてきれいな花染めの着物になりそうだよ。

〔参考〕「露分くる花摺り衣かへりては空しと見るぞ色はありける」（続古今八〇〇、信生）「狩衣萩の花摺り露深みうつろふ色にそほちゆくかな」（新勅撰二二五、行宗）

〔語釈〕　**○はなずり**　萩や露草の花の汁を布に摺りつける染色法。またその染めた布。

30

閑居秋風

をとづる、なさけもよしやふるさとのゆふべさびしきにはのあきかぜ

〔現代語訳〕（人は誰も来ないのに、風だけは）訪れてくれる、その心遣いは嬉しいようでもあるが、故郷の夕暮に吹き寄って音立てるのはやはり淋しい、庭の秋風よ。

〔参考〕「流れては妹背の山の中に落つる吉野の川のよしや世の中」（古今八二八、読人しらず）「さらぬだに夕さびしき山里の霧のまがきに牡鹿なくなり」（千載二一一、堀河）

〔語釈〕**○よしや**　縦《よし》や。不満ながら容認する気持。

〔補説〕「よしや」は「よしや世の中」（参考）、「よしや歎かじ」（続後撰七二六）のように句頭に置く例がほとんどで、「情もよしや」は珍しいが、情景とそれに反応する微妙な感情とを表現し得て巧みである。

31

野外虫

ふきまよふ秋のゝ〈野の〉風を身にしめていまやよさむにむしのなくらん　」六ウ

〔現代語訳〕方向も定めずに吹く、秋の野の風をしみじみとその身に受けて、今しもこの夜寒に、虫が鳴いていることだろう。

〔参考〕「吹きまよふ野風を寒み秋萩のうつりもゆくか人の心の」（古今七八一、常康親王）「女郎花秋野の風にうちなびき心一つを誰に寄すらむ」（古今二三〇、時平）「山深き松の嵐を身にしめて誰か寝覚めに月を見るらん」（千載

一〇〇五、家隆）「今宵誰すゞ吹く風を身にしめて吉野のたけに月を見るらん」（新古今二八七、頼政）

32

叢端虫

たづねてもとふ人なしにきりぐ〵すふかきよもぎのつゆになくらん

〔現代語訳〕

わざわざ居場所をたずねてでも来てくれる人なんて誰もありはしないのに、こおろぎよ、茂った蓬一面に置いた露の中で、一人鳴いているのだね。（かわいそうに）

〔参考〕「たづねても袖にかくべき方ぞなき深き蓬の露のかごとを」（新古今一二八八、通光）

〔語釈〕 **○きりぐ〵す** 現代のコオロギ。

33

夕虫

つゆふかきむぐらのやどの夕ぐれにおもひありとやむしのなくらん

〔現代語訳〕

露の深く置いた、草にうもれ、荒廃した小家で、夕暮、いかにも物思いありげに、虫が鳴いているようだ。

〔参考〕「更に又思ひありとや時雨るらん室の八島の浮雲の空」（続古今五八三、信実）「身をかくすむぐらの宿はあるじから思ひありとや虫もなくらむ」（新千載一七六六、基任）

〔補説〕「思ひありとや」は勅撰集には〔参考〕にあげた二例のみ。新千載詠は酷似するが作者斎藤基任は六波羅沙汰人、正和四年（一三一五）花十首作者で全く同時代人。おそらく本詠がはるかに先行し、措辞の類似は偶然の暗合であろう。

34 雲間鴈

かひぞなきたがことづても白くも《〈雲〉》の道ゆきぶりの秋のかりがね　」七オ

〔現代語訳〕つくづく眺めても何の甲斐もないことだ。誰の言伝てを運んでいるともわからないままに、白雲に羽を触れんばかりにして飛んで行く、秋の雁の姿よ。

〔参考〕「春来れば雁帰るなり白雲の道行きぶりに言や伝てまし」（古今三〇、躬恒）

〔語釈〕**○白くも**　「白」に「知ら（ぬ）」をかける。**○道ゆきぶり**　道すがら。道中のついで。

〔補説〕古今詠により、恋の心をこめて巧みに詠む。

35 月前鴈

かりがねのきこゆるそらの秋かぜによ《〈夜〉》わたる月のかげぞふけぬる

〔現代語訳〕雁の鳴く声が聞える空に、秋風が吹く中、夜空を渡って行く月の光は、すっかり深夜の風情になった。

〔参考〕「小夜中と夜は更けぬらし雁がねの聞ゆる空に月わたる見ゆ」（古今一九二、読人しらず）「和歌の浦芦辺のたづの鳴く声に夜わたる月の影ぞ久しき」（新勅撰一七一、後堀河院）

36

待月

嵐ふくみねのうき雲そらはれて松かげを《お》そき山のはの月

〔現代語訳〕

嵐の吹く峰では、浮雲のかかっていた空がすっきりと晴れて、しかし松の蔭になってなかなか姿をあらわさない、山の端の月よ。

〔参考〕「嵐吹く峰の浮雲たえだえに時雨れてかかる葛城の山」（続拾遺六四一、義宗）

〔他出〕新後拾遺三五三、（月前風といふことを詠ませたまうける）、三句以下「さそはれて心も空に澄める月影」（37）。

〔補説〕二・三句はやや不安定な措辞で印象が結びにくい。「松かげ」は「待つかげ」の宛て字か。「松」では題意にかなわず、情景が浮んで来ない。〔他出〕新後拾遺詠は第三句以下が次の37詠に目移りし合体した形であるが、その過誤の原因の一端は本詠の側にもあるかと思われる。

37

見月

見てもなを《ほ》あかぬ光にさそはれて心もそらにすめる月かげ　」七ウ

〔現代語訳〕

いくら見ていても、やはり見厭きないその光に誘われて、心も浮き立ち、この世のものではなくなってしまうように、空高く澄んでいる月の姿よ。

〔参考〕「見ても猶あかぬ心のあやにくに夕はまさる花の色かな」（続古今一五二八、伊長）「時鳥心も空にあくがれて夜離《が》れがちなる深山辺の里」（金葉一一一、顕輔）

〔他出〕 前歌参照。

〔語釈〕 ○心もそらに 「空」と、感情の虚脱した状態とをかける。

38 月寄秋

ゆくすゑのちとせを秋にちぎりてや月もかはらぬかげにすむらん

〔現代語訳〕 将来の千年までも今と同じに、と、秋の永続する事を約束したからだろうか、月も昔と全く変らぬ光で澄み切っているのだろう。

〔補説〕 格別の趣向を構えず、素直で行届いた秋月讃歌である。

39 山月

へだてつるくもはゝ〈晴〉れゆく山のはのまつのあらしにいづる月かげ

〔現代語訳〕 眺めをさえぎっていた雲は次第に晴れてゆく、山の端のあたり、松を吹きゆるがす嵐の中におもむろにさし出る月の姿よ。

〔参考〕 「常よりも照りまさるかな山の端の紅葉をわけて出づる月影」（拾遺四三九、貫之）

40

関月

よもすがら月もひかりのきよみがた《清見潟》かげをとゞむる浪のせきもり　」八オ

〔現代語訳〕一晩中、月も光がいかにも清らかな清見潟よ。（ここは関所があるのだから）月が沈んでしまわないよう、その光を押しとどめている、人間ならぬ波の関守がいるのだろう。

〔語釈〕**○きよみがた**　駿河の歌枕、清見潟。静岡県清水市奥津町の海浜。平安時代に関所があった。月光の「清し」を地名にかける。**○とゞむる**　旅行者を止める関所、その番人「関守」にかけて題意を表現した技巧。

41

里月

ふけにけりわがすむかたの秋風にあしやのさとのよはの月かげ

〔現代語訳〕ああ、すっかり夜が更けてしまった。あの『伊勢物語』の「我が住む方」ではないが、私の住んでいるここらあたりを吹く秋風に、芦屋の里の「星か蛍」ならぬ、夜深い月影の、何と趣深いことよ。

〔参考〕「晴るる夜の星か河辺の蛍かもわが住む方の海人のたく火か」（伊勢物語一六〇、男）「ほのぼのとわが住む方は霧こめて芦屋の里に秋風ぞ吹く」（続拾遺二七八、定家）

〔語釈〕**○あしやのさと**　摂津の歌枕、芦屋。兵庫県芦屋市。『伊勢物語』八七段「芦屋の里に知る由して」による。

〔補説〕『伊勢物語』にない「秋風」を思い寄せたのは、必ずや〔参考〕定家詠によるであろう。当時最新の『続拾遺集』の影響については、2〔補説〕参照。

42

河月

いすゞがはたえぬながれのそこきよみ神代かはらずゝ《澄》める月かげ

〔現代語訳〕五十鈴川の、太古から絶えぬ流れは底まで清らかで、そこに神代と変らず澄み切った光を映している月影の尊さよ。

〔参考〕「五十鈴川神代の鏡影とめて今も曇らぬ秋の夜の月」（続後撰五二六、為家）

〔他出〕続千載九一〇、河月と云へる心を。

〔語釈〕**○いすゞがは**　伊勢の歌枕、五十鈴川。皇大神宮内宮境内を流れる御手洗川。**○たえぬながれ**　皇統を暗示する。

〔補説〕神祇歌の定石というだけでなく、二流に分れた皇統の、現在雌伏中の正統長嫡の春宮詠として、意味深い作であり、少年春宮の自覚の程を知る事ができる。歌道家宗匠為家の詠とも堂々と対峙できるであろう。

43

浦月

ことうらになびきにけりな煙さへつき《月》のためなるよはのしほかぜ　」八ウ

〔現代語訳〕（海人のたく藻塩火の煙は）別の海岸の方になびいて行ってしまったようだな。煙さえも月のために（その月をさえぎるまいと）遠慮させてしまう、夜半の潮風の心遣いのしおらしさよ。

【参考】「しほたる、我が身のかたはつれなくて異浦にこそ煙立ちけれ」（後拾遺六二六、道命）「忘れじな難波の秋の夜半の空異浦に澄む月は見るとも」（新古今四〇〇、丹後）「秋来ては月のためなる空なればよそにも見えず消ゆる白雲」（為家集一七〇八）「出でぬより月のためなる空なれや浮雲澄める秋の夕暮」（伏見院御集九四三）

【他出】春のみやまぢ一九、浦月。

【語釈】**○ことうら**　異浦。別の海岸。

【補説】11詠同様、16歳の作。「月のためなる」など、いかにも心得た用い方で、少年の作とは思われぬ手腕である。

44　山暁月

うき雲はあらしにたへぬ山のはにひとりつれなき在明の月

【現代語訳】浮雲は、嵐に耐えられず吹き惑わされている、その山の端に、ただ一人、我関せずといった風情で静かにかかっている、在明の月よ。

【参考】「時雨かと寝覚めの床に聞ゆるは嵐にたへぬ木の葉なりけり」（続後撰四七〇、西行）「いかなりし美濃の山の岩根松ひとりつれなき年の経ぬらん」（続後撰一一七四、知家）

45　秋山曙

たちこむるふもとの霧はゝ《〈晴〉》れやらでくもまにあくるをちの山のは

〔現代語訳〕　立ちこめている、麓の夜露はなかなか晴れないままに、雲の間から次第に明るくなって見えて来る、遠くの山の端の姿よ。

〔参考〕「伏見山ふもとの霧の絶え間よりはるかに見ゆる宇治の川波」（続拾遺二七五、実氏）

46

菊露

ちぎりをく《お》あきもちとせの行するもさぞ長月のきくのしらつゆ　」九オ

〔現代語訳〕　今から約束しておく、千年先の秋までも美しく咲くであろう将来を思えば、いかにも「長月」という名にふさわしい、長寿の象徴、九月九日の節供を飾る、菊の白露よ。

〔語釈〕　**〇ちぎりをく**　をく（置く）は露の縁語。**〇さぞ長月**　「さぞ長いであろう」に「長月」をかける。

〔補説〕　常套的な重陽の賀歌であるが、「秋も千歳」「さぞ長月」など、ありそうな秀句と見えながら、『国歌大観』全巻を通じ、前者がはるか後代にただ一例しか見出し得なかった。

47

月前擣衣

ふくるまでうちもたゆまずさよごろも月にねられぬほどをしらせて

〔現代語訳〕　夜が更けるまで、怠る様子もなく打ち続けている、衣を打つ音よ。月の美しさに寝られないでいるな、という様子を知らせるように。

〔参考〕「八月九日正長夜　千声万声無了時」（朗詠集三四五、白）「更くるまで眺むればこそ悲しけれ思ひも入れじ秋の夜の月」（新古今四一七、式子内親王）「夜もすがら打ちもたゆまず唐衣誰が為誰かいそぐなるらん」（続後撰四〇三、良暹）「まどろまぬ程を知らせてよもすがら物思ふ人や衣うつらん」（続拾遺六二二、覚助法親王）

〔語釈〕**〇擣衣**　槌で布地を打ちやわらげ、艶を出し、着心地よくする作業。秋、寒さに向って行う。**〇うちもたゆまず**　衣を打つ動作と、強めの助動詞「うち」をかける。

〔補説〕叔父覚助法親王詠に学ぶ所があったか。

月前紅葉

つきも又あきの色とややまひめのそ《〈染〉》むるもみぢの木のまもるらん

〔現代語訳〕

月も又、「紅葉だけじゃない、私の光だって秋を代表する色ですよ」と言うつもりか、山の女神の染める紅葉の枝の間を洩れてさしていることだ。

〔参考〕「この里は時雨れにけりな秋の色のあらはれそむる峰のもみぢ葉」（新勅撰一〇九四、如願）「言はずとも見ゆらん袖の初時雨染むる紅葉の色の深さは」（続古今九九四、基良）「木の間よりもり来る月の影見れば心づくしの秋は来にけり」（古今一八四、読人しらず）

〔語釈〕**〇やまひめ**　秋の女神、龍田姫。

紅葉映日

49

しぐれつるくものたえまのゆふ日かげ猶さしそへてそむるもみぢば

〔現代語訳〕　今まで時雨れていた雲がふと途切れ、その絶え間からさす夕日の光が一入加わって、更に濃く染まる紅葉葉の色よ。

〔参考〕「時雨れつるまやの軒端の程なきにやがてさし入る月の影かな」（千載四一四、定家）「紅葉葉に月の光をさしそへてこれや赤地の錦なるらん」（千載二六〇、後白河院）「玉桙の道行人の袖の色もうつるばかりに染むる紅葉葉」（続後撰四二一、実雄）

〔語釈〕　**○さしそへて**　「光が射す」意と、強めの接頭語「さし」をかける。

50

杜紅葉

「一九ウ

あきといへばしのぶのもりも色にいでゝしぐれにたへぬ木ゝのもみぢば

〔現代語訳〕　秋になったと言えば、「忍ぶ」という意味を持った「信夫の森」も表面に色をあらわして、時雨のため耐え切れず紅となる、木々の紅葉葉よ。

〔参考〕「秋といへば心の色も変りけり何ゆゑとしも思ひそめねど」（新勅撰二〇五、通親）「涼しさを楢の葉風に先立てて信夫の森に秋や来ぬらん」（千五百番歌合一〇四八、顕昭）

〔語釈〕　**○あき**　「秋」と「厭き」をかける。**○しのぶのもり**　陸奥の歌枕、信夫山の森。福島市。「忍ぶ」をかける。**○色にいでゝ**　紅葉に、忍ぶ恋が表面にあらわれ、厭かれて流す紅涙の意をかけ、叙景歌ではあるがほのかに哀艶を添える。

51

暮秋霜

なが月のすゑのゝまくず《〈末野の真葛〉》しもがれてかへらぬあきをなを《〈ほ〉》うらみつゝ

【現代語訳】

九月も末ともなれば、野の果ての葛の葉も霜に枯れて（風に裏返る風情もなく）、帰って来ない秋を更に恨み続けていることだ。

【参考】「小牡鹿の入野の薄霜枯れて手枕寒き秋の夜の月」（続古今四七六、素暹）「来ぬ人の面影さそふかひもなし更くれば月をなほ恨みつゝ」（後拾遺九〇一、真昭）

【他出】新後撰四三五、暮秋の心を。

【語釈】**○すゑの**　野の果て。「長月の末」をかける。**○まくず**　葛の美称。マメ科の夏草で、広い葉が風に白く裏返るのが特色。**○かへらぬ**　葛が枯れて裏返らぬ事に、「秋が帰らぬ」意をかけ、恋の心によそえて「恨み（裏見）」という。

52

暮秋雨

いまはゝや《〈早〉》あきもとまらぬうきぐものしぐれてすぐる長月のそら

【現代語訳】

今となってはもう、秋もとどまらず行ってしまおうとする、その象徴のように、浮雲が時雨をはらはらと落して過ぎて行く、晩秋九月の空よ。（ああ、淋しいこと）

【参考】「惜しめども秋はとまらぬ龍田山紅葉をぬさと空に手向けて」（続古今五三四、読人しらず）「いかにせんき

ほふ木の葉の木枯に絶えず物思ふ長月の空」（続後撰四四八、定家）

53

九月尽

いかにせんお《を》しみとゞめぬならひさへ今さらつらきあきの別《れ》ぢ

」一〇オ

〔現代語訳〕

ああ、どうしたらよかろう。いくら名残を惜しんで止めようとしても止ってくれぬ、というその習慣さえ、今更のように無情で恨めしい、この秋の別れの道よ。

〔参考〕「宮人の心を寄せて桜花惜しみ止めよ外に散らすな」（続後撰一一六、村上天皇）「つれなさの積る月日を数へても今更辛き年の暮かな」（続古今一一二一、公宗）「明日よりの名残を何にかこたましあひも思はぬ秋の別れ路」（新勅撰二六〇、公経）

冬

54

風前落葉

ひとかたにちりもさだめずやまかぜのさそふまゝなるみねのもみぢば

〔現代語訳〕

一方にばかり、散る方向を定めてもしまわないよ。山風の誘うに従って散る、峰の紅葉の葉は。

〔参考〕「いづかたへ行くらむ秋も見るべきに散りも定めぬ峰の紅葉葉」（為家千首四九九）

〔補説〕題意にそった一通りの詠と見えるが、実は少くとも勅撰集の中に、同趣の詠はほとんど見当らない。特に

「散りも定めず」は〔参考〕為家千首詠以外、『国歌大観』に全く例を見ない特殊な表現であるが、いかにも自然に情景を描写している。

55

落葉混雨

このはさへたへすふりつゝ《るなり》神〈無〉な月しぐるゝ山のみねのあらしに　」一〇ウ

〔現代語訳〕（雨だけでなく）木の葉まで、堪え切れなくて暇もなく降って来るよ。十月の、時雨降る山の峰の嵐のために。

〔参考〕「木の葉さへ山めぐりする夕かな時雨を送る峰の嵐に」（続古今五五二、越前）

〔補説〕第二句に「るなり」と傍書がある。書風もやや異なるかに見える。原作「ふりつゝ」では一首が完了しないと見ての、後の改訂か。

56

浦冬月

夜もすがらうらかぜさえて難波江やあしまの浪にこほる月かげ

〔現代語訳〕一晩中、海辺を吹く嵐が冷たく、ここ、難波江では、芦の間に打寄せる波に、氷るばかりに冴え切った月の姿が映っている。

〔参考〕「冬の夜はあまぎる雪に空冴えて雲の波路に氷る月影」（新勅撰四〇二、丹後）

〔語釈〕〇**難波江**　摂津の歌枕。大阪市、淀川の河口周辺の海浜。芦が名物。

57

滝下霰

いとゞまたふるやあられのみだれつゝたまぬきとめぬたきのしらいと

〔現代語訳〕（ただでさえ見事な眺めなのに）いよいよその上に、降りかかる霰が乱れ散って、（水しぶきの玉のみならず）霰の玉をも貫きとめる事のできない、滝の白糸よ。

〔参考〕「さゆる夜は降るや霰の玉櫛笥御室の山の明け方の空」（新勅撰三九五、成実）「白露に風の吹きしく秋の野は貫き止めぬ玉ぞ散りける」（後撰三〇八、朝康）「水底のわくばかりにやくくるらんよる人もなき滝の白糸」（拾遺五五五、よみ人しらず）

〔補説〕詠みにくく、先例も少い歌題を巧みに詠みこなしている。少年の作として見事である。

恋

58

寄月恋

めぐりあふ月につらさをかこちてもなみだへだつるおもかげぞうき

「一一オ」

〔現代語訳〕（逢えない恋人と違い）めぐり逢う事のできる月に向って、叶わぬ恋の辛さを怨え歎くけれども、涙で視界は隔てられ、月によそえる恋人の面影さえ見られないのが悲しい。

〔参考〕「忘るなよ程は雲居になりぬとも空行く月の廻りあふまで」（拾遺四七〇、忠幹）「野辺の露浦わの波をかこちても行方も知らぬ袖の月影」（新古今九三五、家隆）「とどめおきてさらぬ鏡の影にだに涙へだててえやは見えけ

る」（続後撰九六四、民部卿典侍）
〔補説〕以下恋一八首、16歳頃の少年の詠として驚くばかり老成し、巧みである。『源氏物語』愛読（弘安源氏論議）などの影響もあるかと思われる。

59

月前待恋

さりともとなを《ほ》まつかぜのふくるよにひとはつれなきにはの月かげ

〔現代語訳〕いくら何でもやはり来てくれるだろうと、なおも恋人を待っているうち、松風の音も夜更けた感じになって行く夜に、恋人は無情にも来ず、月だけが何事もないように庭を照らしている。
〔参考〕「さりともと思ひし人は音もせで荻の上葉に風ぞ吹くなる」（後拾遺三二一、小右近）「如何にせむ命は限りあるものを恋は忘れず人はつれなし」（拾遺六四二、読人しらず）「風寒み木の葉晴れゆく夜な〳〵に残るくまなき庭の月影」（新古今六〇五、式子内親王）
〔語釈〕**〇なをまつかぜ**　「なお、待つ」と「松風」をかける。

60

月前増恋

いまさらにおもひいでゝもしのべとやみしよの月にのこるおもかげ

〔現代語訳〕（絶えた仲とは思うものの）今更思い出して恋い慕えというのか、愛し合っていた頃と変らない月の面に残る、恋人の面影よ。

〔参考〕「今更に思ひ出でじとしのぶるを恋しきにこそ忘れわびぬれ」（後撰七八八、実頼）「しのべとや知らぬ昔の秋を経て同じ形見に残る月影」（新勅撰一〇八〇、定家）「恨みても泣きても何をかこたまし見し夜の月の辛さならでは」（続古今一三一三、少将内侍）「露払ふ寝覚めは秋の昔にて見果てぬ夢に残る面影」（新古今一三二六、俊成女）

61

寄風恋　　「一一ウ」

つらかりしこゝろのあきもむかしにてわが身にのこるくずのうらかぜ

〔現代語訳〕
あの辛かった、恋人の心に秋（厭き）が来た思い出も昔の事になって、私の身に今残るのは、裏返ってしまった葛の葉を空しく吹く風のような、味気ない思いだけだ。

〔参考〕「時雨れつつもみづるよりも言の葉の心の秋にあふぞわびしき」（古今八二〇、読人しらず）「頼めしは人の昔になり果てて我が身に残る夕暮の空」（続拾遺九六五、行家）

〔他出〕新後撰一一七〇、（題しらず）

〔語釈〕**○こゝろのあき**　恋心の倦怠。「秋」に「厭き」をかける。

〔補説〕『新後撰集』恋六、巻頭から宗尊親王・良経・定家・読人しらずと並んで第五首目に位置し、少しも見劣りしない。堂々たるものである。

62

寄雲恋

おもひやる心ばかりもいこまやま《生駒山》へだてなはてそ峯のあさぐも

〔現代語訳〕 愛する人を思いやる心だけでも行こうとしているのだ。二人の仲を隔てる生駒山であっても、隔て果ててくれるなよ、峰に立つ朝雲よ。

〔参考〕 「君があたり見つつを居らむ生駒山雲なかくしそ雨は降るとも」（伊勢物語五〇、高安の女）

〔語釈〕 **○いこまやま**　大和の歌枕、生駒山。奈良県生駒市。『伊勢物語』二三段を踏まえる。「心ばかりも行く」をかけると見たが、如何。

〔補説〕 高安の女になり代って詠む。少年春宮の物語好きの一端を示す詠。

63

寄山恋

わすらるゝみのゝ《美濃の》をやまの夕しぐれとしふるまつの色もつれなし

〔現代語訳〕 恋人に忘れられた今の私の身は、美濃の小山の夕時雨にぬれて立ちつくしている、年旧りた松のようなものだ。「約束した事は何時までも忘れないよ」と古歌にうたわれたその色が時雨にも変らないように、私の心も変らないのにと、その色を見るさえ恨めしい。

〔参考〕 「思ひ出づや美濃のを山の一つ松契りしことはいつも忘れず」（新古今一四〇八、伊勢）

〔語釈〕 **○みのゝをやま**　美濃の歌枕、岐阜県不破郡の南宮山。「忘らるゝ身」をかける。**○つれなし**　（働きかけに対して）変化がない。忘れられながらなお変らぬ自らの恋心を嘆ずる気持。

64

寄関恋

あふさか《〈逢坂〉》やたがためま《か》よふせきぢとてわが身よそなる名をとゞむらん　」一二オ

〔現代語訳〕「逢坂」とは言うけれど、それは誰と逢うために行き迷う道の関門だといって、（恋人に逢えもしない）私の身になど何の縁もない名をつけているのだろう。

〔他出〕続後拾遺七五二、おなじこころを（寄関恋）。第二句「たがためまよふ」。

〔語釈〕○**あふさか**　近江の歌枕、逢坂。京を出て東国に向う関門として、山城との国境の山に関所が設けられた。「逢う」とかけて恋・旅に用いる。○**とゞむ**　「関」の縁語。

〔補説〕原本「まよふ」の「ま」の上に「か」と別筆重ね書きと認められる。『続後拾遺集』でも「まよふ」であり、「思い惑い、行き迷う」の意で、これが原型、改訂は同集入集以後の事かと考え、「まよふ」を取った。

65

寄橋恋

さてもなを《〈ほ〉》うしとはいかゞいは○《は》しのさすがにたえぬよるの契を

〔現代語訳〕（恋人は思うにまかせぬが）それでもやはり、恨めしいとはどうして言えようか。あの久米の岩橋のように、（たまたまではあっても）何と言っても絶え切ってはしまわない、夜の契りであるものを。

〔参考〕「さてもなほ籬の島のありければ立寄りぬべく思ほゆるかな」（後撰六六六、清蔭）「岩橋の夜の契も絶えぬべし明くるわびしき葛城の神」（拾遺一二〇一、左近）「いとせめて辛き契のいかなればさすがに絶えぬ年も経ぬらん」（続拾遺九五〇、親清女）「葛城や渡しも果てぬ岩橋の夜の契はありとこそ聞け」（続古今一一一四、家隆）

〔語釈〕**○いははし**　大和の歌枕、久米の岩橋。奈良県御所市。役行者が、葛城山から吉野金峰山に向けて岩橋をかけるよう、一言主の神に命じたが、神は容貌が醜いのを恥じて夜しか働かず、怒った行者が神を谷底に落したので、橋が完成しなかったという故事。「いかゞ言は」に「岩」をかけ、「絶え」「夜」もこの故事にかかわる縁語。

〔補説〕原本、第三句「いはしの」とし、別筆「は」を傍書補入。「いは〻し」の「〻」が「し」に紛れ入ったため脱字の形になったものであろう。先行歌は多いがそれに恥じぬ整った詠である。なお71参照。

寄河恋

なみだがはつゝむ人めもとしふりてあふせよそでのうき浪本□

〔現代語訳〕

秘めた恋ゆえに河のように流す涙を、人目を憚って包みかくす習慣も年重なって、逢う折とてもない私の袖には、辛い涙の波がかかるだけだ。

〔参考〕「流れての名にぞ立ちぬる涙川人目つつみをせきしあへねば」（金葉二七六、公教母）

〔語釈〕**○なみだがは**　恋の涙についての誇張表現。**○うき涙**　「浮浪」に「憂き浪」をかける。

〔補説〕下句は「あふせよそなるそでのうき浪」であろう。「そ」の目移りによる脱落と思われる。末尾注記「本□」は「本マ、」か。

67　寄草恋

続後拾　あだにのみうつるはやすきつきくさ〈月草〉の色こそひとの心なりけれ　」一二ウ

〔現代語訳〕あてにならず変ってしまうのはいともたやすい、月草の花の染色こそは、恋人の不確かな心であるよ。

〔参考〕「月草の花摺り衣あだにのみ心の色のうつりゆくかな」（続後撰九一二、資季）「月草に衣は摺らむ朝露にぬれての後はうつろひぬとも」（古今二四七、読人しらず）

〔他出〕続後拾遺八七七、題しらず。原本歌頭に集付あり。

〔語釈〕**○あだ**　実意のないこと。浮気。**○つきくさ**　鴨跖草、月草。ツユクサの古名。花を藍色の染料にするが、色が落ちやすいので変りやすい恋心にたとえる。

68　寄木恋

なみだのみとしふる松のいろぞうきつれなき中のためしばかりに

〔現代語訳〕涙ばかり流して、長年来ぬ人を待って過していると、年経た松の緑色まで不快で見たくなく思われる。時雨にも平気で色を変えないという、男女の面白くない関係にたとえられるものだから。

〔参考〕「時雨にもつれなき松はあるものを涙にたへぬ袖の色かな」（続古今九九七、宗尊親王）

〔語釈〕**○としふる松**　涙の「長年降る」と、松の「年経る」をかける。**○つれなき**　時雨で染まる紅葉に対し、色変えぬ松を「無情」と見る常套句。

69　寄夜恋

しられじなひとめ〈人目〉しのぶのすり衣袖のなみだのつゆのみだれは

【現代語訳】　誰にも知られないだろうな、人目を忍んで、古歌の「しのぶもぢずり」の衣ではないが、思い乱れて袖に落す涙の露の乱れる様子は。

【参考】「知られじな我が人知れぬ心もて君を思ひの中にもゆとは」（後撰一〇一七、読人しらず）「陸奥のしのぶもぢずり誰ゆゑに乱れんと思ふ我ならなくに」（古今七二四、融）

【語釈】　**○しのぶのすり衣**　陸奥国信夫郡特産の、忍草の葉を摺りつけて染めた衣。「人目を忍ぶ」をかけ、その文様の形容「乱れ」を続ける。

70　寄弓恋

さてもなを〈ほ〉あだちのまゆみあだにまたいかなるかたに心ひくらん　」一三オ

【現代語訳】　まあ、どうして一体、「陸奥の安達の真弓」ではないが、無駄な事とは知りながら、まるで弓でも引くように、どういう人に心引かれ、恋いこがれるのだろうか。

【参考】「陸奥の安達の真弓君にこそ思ひためたる事も語らめ」（後拾遺一一三七、実方）

【他出】　新後撰八八三、寄弓恋といへる心を、上句「うき身にぞつれなかりける梓弓」。改作か、別詠か、如何。

【語釈】　**○あだちのまゆみ**　岩代、福島県安達郡の特産、檀《まゆみ》で作った弓。「徒《あだ》」をかけ、「弓」の縁語「引く」を導く。

71

寄夢恋

さてもなを《ほ》あふとみしよはたえはてゝおもひねつらきゆめのうきはし

〔現代語訳〕

現実ではなくともなお、夢でなら逢うと見る事はできたのに、今はそういう事すら全くなくなって、恋人を思いつつ寝る事さえ辛い、あてにならぬ浮橋も似た、夢の世界のはかなさよ。

〔参考〕「逢ふと見し夢にならひて夏の日の暮れがたきをも歎きつるかな」（後撰一七三、安国）「春の夜の夢の浮橋とだえして峰に別るゝ横雲の空」（新古今三八、定家）

〔語釈〕○たえはてゝ　「たえ」は「橋」の縁語。

〔補説〕25でも触れたが、初句「さてもなを」は65・70・71の三回用いられていて、作者好みの句であると同時に、本集が『春のみやまぢ』に示された弘安三年十一月三日続歌百首のみでなく、その前後何回かの歌会作品からの秀歌撰である事を推測させる。また「夢の浮橋」の措辞は定家詠の影響もさる事ながら、同年十月六日催行の『弘安源氏論議』から知られる春宮の源氏愛好の程を示すものであろう。58・62にも触れたが、恋部を通じての少年らしからぬ真情こもる詠みぶりも、同様に納得される所である。

72

不逢恋

つれなしや猶さりともとおなじ世のたのみばかりにい《〈生〉》ける命は

〔現代語訳〕 ああ、何と無情なものだろう。（全く逢えない仲になってしまったのに）それでも一縷の望みにすがって、同じ世に生きていれば又逢う事もあろうかと、それだけを頼みにして生きている「命」という存在は。

〔参考〕 「つれなきをなほさりともと慰むる我が心こそ命なりけれ」（続古今一〇六七、長方）「さりともと思ふ心に慰みて今日まで世にも生ける命か」（続後撰八五七、敦忠）「はかなくも思ひ慰む心かな同じ世に経る頼みばかりに」（続後撰八六一、公相）

〔他出〕 春のみやまぢ二一、不逢恋、「はかなしな……同じ世に生ける命の頼みばかりは」。異文については13〔補説〕参照。

〔語釈〕 **○さりとも**　いくらそうであっても。不本意な現状を認めつつも、なお一筋の望みを将来に托する気持。

73

久恋

ながらへてい《〈生〉》けるたのみはかひもあらじつらききかぎりのこのよならずは

〔現代語訳〕 命長らえていれば、恋のかなう時もあろうかと思う頼みは、全く甲斐もあるまいよ。辛さももう限界、というこの世でなければ、まだ救いもあろうけれど。

〔参考〕 「ながらへて生けるをいかにもどかまし憂き身の程をよそに思はば」（新古今一八四〇、師光）「契りおく後

を待つべき命かは辛き限りの今朝の別れに」（後拾遺九三二、清時）
〔補説〕仮に現代語訳したが、歌意が必ずしも明確に把握できない。如何。

74
絶久恋　」一三ウ

あふことはぬるがうちともたのまれずうつゝのゆめのむかしがたりに

〔現代語訳〕（仲絶えて久しくなった）昔の恋人と逢う事は、せめて寝ているうちの夢の中でも、とも期待できない。現実の事ながら今は夢となった、昔話としてなつかしむだけだ。
〔参考〕「ぬるがうちに見るをのみやは夢と言はむはかなき世をもうつつとは見ず」（古今八三五、忠岑）
〔補説〕古今詠を踏まえつつ簡潔適切に題意を詠む。少年とは思われぬ手腕である。

75
暁別恋

つれなしや袖のわかれのうきになを《〈ほ〉》たへていのちのありあけの空

〔現代語訳〕ああ、我ながら無情なことだ。離れ難い袖と袖を分かって愛する人と別れた、その辛さ悲しさになお耐えて、命のあるままに今眺める、有明月の空よ。
〔参考〕「白妙の袖の別れに露おちて身にしむ色の秋風ぞ吹く」（新古今一三三六、定家）「別れ路の有明の月の憂きにこそ耐へて命はつれなかりけれ」（続拾遺九二九、為家）

〔語釈〕 **○袖のわかれ**　男女が互いに重ね合って共寝した袖を分かって、朝、別れ去る事。**○ありあけの空**　「命の有り」と「有明」をかける。

〔補説〕 これも題意に沿って、情景を髣髴とさせる佳作。

雑

山家嵐

76
やまふかきしばのいほりのしばしだにむすばぬゆめに松かぜぞふく　」一四オ

〔現代語訳〕
山深い所の、柴で屋根を葺いた粗末な庵に住んでいると、眠りも浅く、ほんのちょっと夢を見るひまも与えぬように、松風が吹くことだ。

〔参考〕「山深き松の嵐を身にしめて誰か寝覚に月を見るらん」（千載一〇〇五、家隆）「いづくにも住まれずはただ住までもあらむ柴の庵の暫しなる世に」（新古今一七八〇、西行）「枕にも袖にも涙つららゐて結ばぬ夢を問ふ嵐かな」（新古今六三三、良経）「世の中を思ひ乱れてつくづくと眺むる宿に松風ぞ吹く」（後拾遺九九二、道済）

〔語釈〕 **○しばのいほり**　「暫し」「結ばぬ」を導く。

暁夢

77
みるゆめのおもかげや《ぞ》なを《〈ほ〉》のこるらん《りける》さむる枕のありあけの月

〔現代語訳〕

今まで見ていた、夢の中の人の面影がまだあそこに残っているのだろうか。目覚めた枕から見上げる、有明の月の中に。

〔参考〕「見る夢の面影までや浮ぶらん象の小川の有明の月」（続古今異本歌一六二三、憲実）「冴えわびて覚むる枕に影見れば霜深き夜の有明の月」（新古今六〇八、俊成女）

〔補説〕原本二、三句に「そ」「りける」と別筆傍書。推量を肯定に変更する事で、歌意を強める。後人の改訂か。

旅宿枕

ひきむすぶ[redacted]《かり》ねのゝ《〈野〉》べのくさまくらみやこにかへるゆめのかよひぢ

〔現代語訳〕

草を結び合せてしつらえる、旅の仮寝のための枕よ。そこで見る夢の道程は、目的地へではなく、なつかしい都への帰路だよ。

〔参考〕「忘れめや葵を草に引き結び仮寝の野辺の露の曙」（新古今一八二、式子内親王）「住の江の岸による波夜さへや夢の通ひ路人目よくらむ」（古今五五九、敏行）

〔補説〕「かりね」の抹消部分は読み難いが、強いて言えば傍書と同じ「かり」のように見える。また「かよひ」は「かよち」とし、「ち」の上に「ひ」と重ね書きする。

79

神祇

代ゝをへてたえぬ流のするゑまでもたのみをかくるいすゞかはなみ　」一四ウ

〔現代語訳〕　長い年代を経て、今も絶えず流れる、伊勢皇大神宮の御手洗、五十鈴川よ。その大神の末裔として皇統を受ける私、春宮は、将来の皇位永続の頼みを、その川波にかけるよ。

〔参考〕「世々を経て絶えじとぞ思ふ吉野川流れて落つる滝の白糸」（続後撰七九二、醍醐天皇）「神風や五十鈴川波数知らずすむべき御代に又帰り来ん」（新古今一八七四、公継）

〔語釈〕　〇たえぬ流　皇統を象徴する。〇かくる　「波」の縁語。〇いすゞかはなみ　42〔語釈〕参照。

〔補説〕　皇統分裂の後、最初の嫡流春宮としての、強い自覚と使命感を詠ずる。

80

寄月祝

いく千代もかくこそはみめすむ月のかげもくもらぬ秋のゆくするゑ　」一五オ

〔現代語訳〕　今後何千年も、今と全く同じように見る事だろう。澄み切ったこの月の光も、全く曇る事なく照り続けるであろう将来の秋の姿よ。（心からそれを祝福する）

〔参考〕「石間行く水の白波立ち帰りかくこそは見めあかずもあるかな」（古今六八一、読人しらず）

〔他出〕　新後撰一五八六、おなじ心（月前祝）をよませ給うける。拾遺風体一九二、月契巡年、第四句「かげもかはらぬ」。題林愚抄一〇四七六、月前祝、新後撰。

〔補説〕　常套的賀歌と見えようが、「かげもくもらぬ秋のゆくすゑ」は勅撰集中他に用例なく、特に「秋のゆくすゑ」は後代『為村集』『雪玉集』（実隆）に各一例を見るのみの特異句である。少年春宮の言語能力の高さを思うべきであろう。

以上、執拗に参考歌をあげて来たが、これは必ずしも春宮が詠作時これらすべてを知っていて、参考にしたと主張するわけではない。作歌に当っての頭の働き方として、このような言葉の使い方が当時一般にありえたのではないかという事を、春宮の用語法との関連において示したのが大多数である。恣意的な指摘も多々あろうが、鑑賞研究の何等かの資となれば幸いである。

弘安八年四月歌合

書誌

刈谷市立図書館蔵、蘆庵本『歌合部類』第一冊所収。谷山茂・樋口芳麻呂編『未刊中世歌合集下』（一九五九、古典文庫）に翻刻・解題所収。右の解題により概略を記す。

外題「弘安八年四月哥合」、内題「歌合弘安八年四月」。墨付一〇枚、一面十行。二十番、四〇首。応安二十六年（一四一九）前上総介（今川範政）の本奥書がある。別に久曽神昇蔵の、範政本を明和八年（一七七一）転写した旨の奥書を持つ一本がある。弘安八年（一二八五）催行、京極派揺籃期歌合として残る、唯一の作品である。蘆庵本を国文学研究資料館蔵影印により翻字し、久曽神本との校異は古典文庫本により記す。丁数は仮に本歌合のみにつき示す。

作者・判者

作者は左右を定めず乱番である。四名、「大夫」は当時の春宮大夫西園寺実兼37。京極為兼32・中院具顕26？は春宮近臣。この三名略伝は後掲の各詠草解説において述べる。「権中納言局」は大宮院権中納言、すなわち為兼姉為子。建長元年（一二四九）誕か（小原幹雄「藤原為子年譜小考」島大国文9〈一九七五〉）。元亨二年（一三二二）在世（拾遺現藻集）74か。歌合当時37か。のち大納言典侍、従二位に至る。為兼を助け、玉葉風雅作者。

判者は不明であるが、春宮すなわち熙仁親王21（伏見院）と推定される。そもそも、当時権大納言正二位春宮大夫なる実兼を、単に「大夫」とのみ作者付に記すという事は、本歌合が春宮の身辺で成立した事を示し、為兼・具顕は春宮側近、為子も春宮祖母、実兼伯母なる大宮院の女房である。このメンバーに対し、地位や年齢を無視して作品そのものに対する率直な判を行いうるのは、春宮をおいて他にはない。詳しくは各〔補説〕において述べる。

勝負判定は左表の通り。

	勝	負	持
実兼	2	4	4
為兼	7	1	2
具顕	3	3	4
為子	1	5	4

為兼の優位は明らか、また新人奨励の意図もあってか、具顕を挙げ、老巧二人は押えている。

意義

歌題は恋以外は単純な一・二字題で、特に雑部の「鏡」「心」題が、後の京極派思想詠の片鱗を示す。各人の詠風も、伝統風と、京極派確立以前の実験的歌風が入りまじった、甚だ面白い形を示しており、判者もかなり大きく後者に共感している。京極派の生成を考えるに当り、注目すべき作品である。

歌合　弘安八年四月

講師

読師

判者

題

鶯　柳　花　河津　菖蒲

蟬　秋風　月　鴫　擣衣

霜　雪　寄菊恋　寄雨恋

寄山恋　寄苔恋　寄枕恋　山家

鏡　心　神祇

作者

大夫　為兼

具顕　権中納言局

」一ウ

〔校異〕○心　刈谷本「鏡」に続け「山」の並びに書いたのち○を重ね書きして抹消、右の形に改めて書く。○大夫　刈谷本「太夫」。久曽神本により改む。

一番　鶯

左　　大夫

1 鳥の音も花のありかもおしなべておなじにほひにかすむ空かな

右勝　為兼

2 今朝きなきまだ物よは《〈わ〉》きうぐひすの声のにほひに春ぞ色めく

左歌、花鳥の色も音もひとつにほひにかすめる春のけしきお《〈を〉》かしう見え侍り。右歌」二オもおなじさまに侍るにとりて、下句などなを《〈ほ〉》よろしく侍れば、以《テ》レ右《ヲ》為《ス》レ勝《ト》。

【校異】 ○大夫　刈谷本「太夫」。久曽神本により改む。○左歌　刈谷本「右哥」。久曽神本により改む。

【現代語訳】

左　鳥の声も、花の咲いている場所も皆一様に、同じほのぼのとした感じに霞みこめている空だなあ。

右　今朝はじめて来て鳴き、まだ弱々しい感じの鶯の声の、ほのかな色艶によって、「春」という感じがおのずからはっきりと味わえるよ。

【判詞】 左歌は、花の色、鳥の音も同一の雰囲気に霞んでいる春の様子が面白く見えます。右歌も同じような発想であるについて考えるに、下句などやはりすぐれているようですから、右を勝とします。

【参考】「春ぞとは霞にしるし鶯は花のありかをそこと告げなむ」（新勅撰一〇、俊頼）「今朝来鳴きいまだ旅なる郭公花橘に宿は借らなむ」（古今一四一、読人しらず）

【補説】 歌合の通例として、一番左作者は右作者より高位の歌人であり、判者もこれに優して、作の優劣にかかわらず左に勝を与える。本歌合では、左実兼は右為兼よりはるかに高位、かつ私的には主家でもある。作品としても、春の雰囲気を「にほひ」と表現するなど、「おなじさま」ながら、温和な左詠にくらべ、右詠の「春ぞ色めく」はややことごとしく如何と思われる。しかし判者はこの右詠を「下句などなをよろしく」として勝を与えている。これは春宮以外の人物には到底成しえぬところであり、この一事をもってしても、判者が実兼より上位者、すなわち春宮その人である事は明らかであろう。なお「にほひ」の京極派的特色については、伊原昭「「にほふ」――京極派和歌の美的世界」（語文四一、一九八二・七、『源氏物語の色』二〇一四所収）に詳論されている。

二番　柳

左持　具顕

3 吹《く》風になびく柳のけしきまでながめことなる春の夕ぐれ

右　大夫

4 さほひめ《佐保姫》のかすみのうちのまゆずみも見るに媚《こび》あるはるの青柳

右、見るに媚ある黛《まゆずみ》、ことごとしくつくりなされて侍めり。

左、ことなる事なくいひくだして侍。なずらへて持にて侍れかし。」二ウ

〔現代語訳〕

左　吹く風によって柳の様子までも、その眺めは特別にすばらしい、春の夕暮よ。

右　春の女神、佐保姫の、霞の中からほのぼのと見える眉墨かと見るにつけて、いかにも魅力的な春の青柳の姿よ。

〔判詞〕　右は「見るに媚ある眉墨」など、勿体ぶって趣向されたようだ。左は別に巧んだ所なく詠み下してある。

どちらがどちらとも言えず、持にしておきましょう。

〔補説〕 新進、卑位の具顕対、老巧、高位の実兼。稚いまでに素朴な左と、大人げなく技巧を誇示した右を、「なずらへて持にて侍れかし」とした判定に、心友具顕への春宮の愛情（『京極派歌人の研究』43頁以下）が感じられる。実兼も笑って判定をうべなったであろう。

三番　花

左　　　　　　　　権中納言局

5 いかにぞやかほ《〈を〉》りぞまさるうすがすむ空に見あぐる花のこずゑは

右勝　　　　　　　　為兼

6 春の夜のあくるひかりのうすにほひかすみのそこぞ花になり行《〈く〉》

左、歌から《がら》心有《〈り〉》てきこえ侍《〈る〉》を、このかすめる空にみあぐる花の梢ほどのにほひは侍らぬにや。初五字もやがていかにぞやきこえ侍《〈り〉》。右、霞の底のうすにほひ、あけ行《〈く〉》春のあけぼのも、猶心の色を」三オそへ侍れば、右勝と申侍《〈る〉》べし。

〔校異〕 ○為兼　刈谷本欠。久曽神本により補。○きこえ侍を　久曽神本「侍と」。○心の色　刈谷本「心の有」。久曽神本により改む。

〔現代語訳〕

左　どうしてかしら、ほのぼのとした美しさが一層まさるような気がするよ。薄く霞んだ空に見上げる、花の梢は。

右　春の夜の、おもむろに明けて行く光のほのかな色合よ。霞の奥深くが、そのまま花になって行く。

〔判詞〕 左は、歌の格としては情趣があるように思われるけれど、現実に霞んだ空に見上げた花の梢の実景ほどの優美さはないのではありますまいか。初めの五文字も、「いかにぞや」という通り、はてどんなものかなあ、と思われます。右は、霞の底のほんのりとした色合のうちに明けて行く春の曙という所も、一入心深い表現ですから、右を勝と言うべきでしょう。

〔参考〕「花はみな霞の底にうつろひて雲に色ある小初瀬の山」（新勅撰一一四、良経）「桜咲く比良の山風吹くままに花になりゆく志賀の浦波」（千載八九、良経）

〔補説〕 為兼詠「うすにほひ」などはいかにも奇矯な表現だが、下句に巧みに先行表現を用いて「心の色をそへ」ている。為子詠との格差を指摘した判詞は適切であろう。

四番　河津

左勝　具顕

7　春ふかき池のかはづのもろごゑの心すごきはこよひがらかも

右　権中納言局

8　ながめ遠き山田の原になくかはづかすみのしたの声もさびしき

ながめとを《〈ほ〉》き山田の原の霞は、さだめて見所も侍らめど、池のかはづのこゝもとの声は、心すごくも聞《〈き〉》ならへる所ありて、勝と申侍《〈り〉》ぬる。

〔校異〕○かすみのしたの　久曽神本「た」欠。

〔現代語訳〕

左　春も深まり、池の蛙のともどもに鳴きかわす声が、何とも物淋しく心に響くのは、季節の終り近い今夜、という、時節の性格ゆえだろうか。

右　遠く眺め渡す、山裾の田の広がりの中に鳴く蛙よ。霞の下に聞える声も本当に淋しいよ。

〔判詞〕「眺め遠き山田の原の霞」というのは、さぞかし見るに価する風景でもありましょうが、池の蛙がこの庭先で鳴いているという声は、実に物淋しいと私も聞き馴れ、共感する所ですので、こちらを勝と致しました。

〔語釈〕**○こよひがら**　「がら」は、上の語にふさわしい性質・状態をあらわす接尾語。

〔補説〕この判詞にも、先輩歌人為子にも花を持たせつつ、若い具顕に勝を与える心遣いが感じられる。

五番　菖蒲　」三ウ

左持　権中納言局

9　年をへて軒ばにかざり袖にかくるあやめもふかきえにこそあるらめ

右　大夫

10　あやめ草香ぞなつかしき五月雨にひとりふるやの、き〈軒〉のしづくも

左、のきばにかざり袖にかくるあやめ、心詞めづらしきさまにひきなされて侍めり。右、つねことながら、又さしてまくべきところも侍らぬにや。

〔校異〕○ふかきえ……あるらめ　刈谷本「ふるきみ……あるらん」。久曽神本を妥当と認め、改む。但し刈谷本

「ミ」は「え」に近い書体。○ふるや　久曽神本「ふか屋」。

〔現代語訳〕

左　毎年々々、軒端に飾ったり、袖に掛けたりする菖蒲も、五月の節句に深い縁のあるものだから、深い江に生えているのでしょう。

右　菖蒲草の香がなつかしいよ。五月雨の中に一人する事もなく過ごしている、古い家の軒の雨しずくも、その香を帯びてしたたり落ちるのだから。

〔判詞〕　左は、「軒端に飾り袖にかくる菖蒲」という所、心も詞も新鮮な形に取り合せてあるようです。右は普通に詠まれる内容ではありますが、又特に負にするような欠点も見当らないのではないでしょうか。

〔語釈〕　**○ふかきえ**　「江」と「縁」をかける。**○ふるや**　「古家」と「経る家」をかける。また五月雨の縁語「降る」をも響かせるか。**○ひきなされ**　引用の意。「引く」は菖蒲の縁語。

六番　蟬

左勝　為兼

11 なくせみの声はたゆまぬ庭のおもの木かげすゞしき夕日かたぶく」四オ

右　具顕

12 聞《〈く〉》からにあつくはあれどもせみのなく木だかきもりのかげはたゝ《〈立〉》れず

両首、せみのこゑ勝劣なくきこえ侍《〈る〉》を、左、ゆふひさしそひて、いますこし見所侍《〈る〉》べからん。

〔校異〕　○右歌刈谷本「をみ《せ〔朱書〕》」・「たゝれる《ず〔朱書〕》」。久曽神本により改む。

〔現代語訳〕
左　鳴く蟬の声は弱まらぬながらに、庭の面には木々が涼しい影を落し、夕日の光も傾いて来た。
右　聞くだけでも暑いのだけれど、その蟬のかしましく鳴く、小高い森の下陰は、やはり立去りにくいよ。

〔判詞〕　両首とも、蟬の声は勝負ないように感じられますが、左の方が、夕日の光が射し加わっただけ、もう少し見所があると言えるでしょう。

〔語釈〕　**○さしそひて**　「射し」と接頭語「さし」を兼ねる。

〔補説〕　歌とも言えぬ稚い詠み口の具顕詠を微笑をもっていたわるような判詞である。

七番　秋風

左持　為兼

13 かなしさはなれゆくまゝの秋風にいまいくたびのさても夕ぐれ

右　権中納言局

14 花のにしき露のしら玉みだれちりて風こそ野辺のけしきそへけれ

なれ行《〈く〉》まゝの秋風に、いまいくたびの夕といへる心、ゆふび《〈優美〉》にして、かなしさもまことにもよを《〈ほ〉》され侍《〈り〉》。右、花のにしきつゆの白玉、すがたきら〱しく、「四ウ殊《〈に〉》よろしくして、いづれを《〈お〉》とると申《〈し〉》がたく侍り。

〔校異〕　○もよをされ侍　久曽神本「侍て」とするもとらず。

〔現代語訳〕
左　何が悲しいといって、その淋しさにも慣れて行くより外ない秋風を身にしみて感じながら、しかしこうして過す秋もあと幾度、としみじみと思っている夕暮こそは、その極点だなあ。

右　錦のような色とりぐ〵の花、白玉のような露が乱れ散って、その風景を作り出す風こそは、秋の野の風情を加える演出者だよ。

〔判詞〕「馴れゆくまゝの秋風に、今幾度の夕」と表現した心は、奥深く美しくて、その悲しさも真に共感されます。右の「花の錦、露の白玉」も、姿が端正で一入結構で、どちらを劣るとも判定できません。

〔参考〕「常よりも今日の暮るるを惜しむかな今幾度の春と知らねば」（千載一二四、匡房）

〔補説〕「さても夕暮」はいかにもこの期の為兼らしい、奇矯な表現であるが、判者はこれをとがめず、共感を示して、伝統歌風の為子詠との優劣をつけかねるとしている。春宮を判者とする一証である。

八番　月

左勝　為兼

15　ふけ行けば千里の外もしづまりて月にすみぬる夜のけしき哉

右　大夫

16　を《〈お〉》どろけばよゐ《〈宵〉》のまゝなる雲もなしわれねたりとや月もみつらん

右歌、われねたりとや月もみつらんと侍《〈る〉》、おかしくきこえ侍《〈る〉》を、左、月にすみぬるよのけしき、彼《〈の〉》」五オ二千里の外までの人の心も思《〈ひ〉》やられて、ことにすごくきこえ侍り。かつべきにこそ侍らめ。

〔校異〕○左、月にすみぬる（判詞）刈谷本、久曽神本とも「右」。誤りにつき改む。

〔現代語訳〕

左　夜が更けて行くと、千里の先までもひっそりと静まりかえっている感じで、月光の下、いかにも澄みきった夜の風情であるよ。

右　ふと目覚めると、宵の間漂っていた雲も今はない。（一面の月明だから）私が居眠りしていたな、と月も見たことだろう。（はずかしいよ）

〔判詞〕右の歌、「我寝たりとや月も見つらん」というのは面白く思われますが、左の「月に澄みぬる夜の景色」というのは、あの「二千里外故人心」と言った白楽天の心も推測されて、一入身にしみて味わえます。左が勝つのが至当でしょう。

〔参考〕「三五夜中新月色　二千里外故人心」（和漢朗詠集二四二、白）

〔他出〕左歌　夫木抄五二八七、詞書欠。

〔補説〕実兼詠は若い者に負けじとことさらユーモラスに構えた趣で面白く、格別勝負などにこだわらぬ仲間うちの楽しみといった本歌合の性格を示している。対する為兼詠は彼として最も伝統的に整った作で、勝の判定は当然、また本歌合中ただ一首、『夫木抄』に採られた事も首肯できる。

九番　鴫

左持　具顕

17 鴫のたつ野ざはのしみづ夕日さえ秋風なびく草のひとむら

右　権中納言局

18 ながめつゝひとりあはれをつくす哉しぎたつ沢のうす霧の空

ひとりあはれをつくすうす霧の空、いとゞ優にも侍る哉。秋風なびく草の一むら、これ又景気みる心地して、夕日のかげも心うつり侍〈り〉。いづれをまさると」五ウ申〈す〉べきにか侍らん。

〔現代語訳〕

左　鴫の立ちつくす野沢の清水の面に夕日がくっきりとさし、秋風によってなびく草の一群の動きを見せている。

左　じっと眺めながら、一人、深い情感を味わいつくすことだ。鴫のたたずむ野沢一面に薄霧の立ちこめる空よ。

〔判詞〕右の、「一人あわれをつくす薄霧の空」という表現は、何とまあすぐれたものでしょう。「秋風なびく草の一むら」、これも又、景観を実際に見るような感じがして、夕日の光にも心がひかれてしまいます。どちらを勝と言うべきでしょうか。

〔参考〕「心なき身にもあはれは知られけり鴫立つ沢の秋の夕暮」（新古今三六二、西行）

〔補説〕西行詠「鴫立つ」は、現在「飛立つ」と解されて全く疑われていないが、本二首においてはむしろ「佇つ」と解すべき静寂の情景と思われるので、右のように訳した。西行詠の解釈も含め、批判を待つ。「景気見る心地して」というのは、後の京極派歌合の判詞において、特別の讃辞として愛用されている、同派の好尚のあり方を明示する評言である。

十番　擣衣

左持　大夫

19 さと人もねざめしてけりなが〈長〉月の月かたぶけば衣うつ声

右　具顕

20 かげきよき月にきぬたの音すみてすごくふけたる夜のけしき哉

左右共によろしく侍めり。猶可《シ》レ為《ス》レ持《ト》。

〔現代語訳〕

左　私だけでなく、遠くの里人も寝覚めしているのだな。九月の月が傾いて来る頃なのに、（眠れないままに）衣を打つ声が聞えて来る。

右　光も清らかな月のために、砧の音も一入澄んで聞えて、身にしみて淋しく深まって行く、夜の風情だなあ。

〔判詞〕　左右ともに結構でしょう。やはり持としましょう。

〔補説〕　伝統的歌題ではあるが、当時の公家階級にどれ程の実感があったろうか。常套的表現に終ったのも是非もない。

十一番　霜

左　権中納言局

21 身にとを《〈ほ〉》る心地こそすれあかつきの霜にかげそふ有明の色」六オ

22 右勝　大夫

月の色はかれの丶うへにあけはて丶霜より外の見どころもなし

左、しもにかげそふ有明もおかしく侍を《〈る〉》、右、かれの丶うへにあけはて丶霜より外の見所もなしといへる、句ごとにやさしくして、しかも心こもりて、又詞のうへに其《〈の〉》興多《〈し〉》。尤以《モテ》レ右可《ヨシ》レ為《スト》レ勝。

〔校異〕 ○大夫　刈谷本「太夫」。久曽神本により改む。○歌、見どころも　久曽神本「見どころは」。○侍を　久曽神本「侍と」。○やさしくして　刈谷本「やさしくてして」。久曽神本により改む。○其興　久曽神本「も興」。

〔現代語訳〕

左　身にしみとおるような感じがするよ。暁、置く霜の上になお白い光を添える、有明月の色は。

右　月の色は、今まで照らしていた枯野の上にも明け切って光を失い、今は霜の白さ以外に見るべき美しさはない。

〔判詞〕 左の、「霜にかげそふ有明」というのも面白いのですが、右の、「枯野の上に明けはてて霜より外の見所もなし」というのは、句毎に優美であって、しかも心がこもって、又言葉の用い方にも面白みが多くあります。ですから、右を勝としましょう。

〔補説〕 歌めかしい為子詠を押えて散文的な実兼詠を勝とする所に、為兼新歌風への傾斜が感じられる。

十二番　雪

左《勝》　　具顕

23　庭のうへにつもれる雪をひかりにてふくるもしらぬうづみ火のもと

右　　為兼」六ウ

24　を《〈お〉》しなべて雪ふりつもるあけぼのはところもわかずおもしろきかな

雪をひかりにてふくるもしらぬうづみ火のもと、まことにさる所もや侍《〈る〉》べからん。おもしろきかなといひあらはせるよりも中々まさり侍《〈り〉》なん。

〔校異〕　○まさり　刈谷本「まさる《り〈朱書〉》」。久曽神本により改む。

〔現代語訳〕

左　庭の上に積った雪を明かりの代りにして、夜の更け行くのにも気づかず、一人静かに埋み火の傍らにいる、その満ち足りた境地よ。

右　どこも一様に、雪の降り積る曙は、どこが、という事なく、すべての景色が面白いよ。

〔判詞〕「雪を光にて更くるも知らぬ埋み火のもと」というのは、本当にそういう境地もあろうと共感されます。「面白きかな」とはっきり言ってしまったのよりも、むしろ勝れていましょう。

〔語釈〕　**○うづみ火**　灰の中に埋もれた炭火。

〔補説〕　この評価はまことに妥当で、具顕詠は彼の感性を十分に発揮した秀歌である。

十三番　寄菊恋

左　　　　　　　　　大夫

25 なきみつる我《が》なみだもやを《お》きつらんきく《菊》のうへなるゆふぐれの露

右　寄雨恋　　　　　為兼

26 ひとり居て物おもひあかす夜もすがらたゆまぬ雨の音ぞつれなき

夕の露に涙をそへ、よるの雨におもひをます心、」七オ とり〴〵におかしく《を》侍《る》にとりて、を《お》とぞつれなきと侍《る》やいますこし思《ふ》べく侍らん。しかれども上句殊によろしく侍れば、いさゝか右かち侍《る》べくや。

〔校異〕　○大夫　刈谷本「太夫」。久曽神本により改む。○殊に　刈谷本「に」欠。久曽神本により補。

〔現代語訳〕

左　泣きながら見た、私の涙が置いたのだろうか。菊の花の上に見る、あの夕暮の露は。

右　一人ぼっちで居て、物思いで眠れず明かす一晩中、衰える事もなく降り続ける雨の音が、つく〴〵無情に思われるよ。

〔判詞〕　夕暮の露に涙を添え、夜の雨に思いを増すという歌意は、それ〴〵に面白いものであるのについてなお思いますに、「音ぞつれなき」という表現はもう少し考えたらどうでしょうか。けれども上句は殊に結構ですから、若干右の方が勝と言うべきでしょうか。

〔補説〕　勝負付が欠けているが、判詞により右、為兼の勝と知られる。「音ぞつれなき」の難は十二番右「面白きかな」と共に、この期の為兼詠の欠点を明確に指摘しているが、左「泣き見つる」も熟さぬ表現で、対比すれば為兼優位と言えよう。

十四番　寄山恋

左　　具顕

27 くれかゝる夕の山のながめこそ待出《ちいで》しまゝのなごりなりけれ

右勝　　権中納言局

28 ともすれば心に物のかゝるまゝにながめなれぬるをちの山のは《端》

左、歌がらはあしくも見え侍らぬを、月などの心地ぞし侍りける。右、ながめなれぬる山のは、いますこしまさり侍《り》ぬべし。」七ウ

〔現代語訳〕

右　暮れかかって来る、夕方の山を眺めている今の気持こそは、あの人を待って〳〵、ようやく逢えた、その時の気持の名残であるよ。

右　何かと言えば、心に恋の物思いがわだかまるために、何とはなしに眺めるのが習慣になってしまった、遠くの山の端よ。

〔判詞〕　左は、歌の姿としては悪くもないのですが、恋ではなく月の歌か何かのような感じがします。右の「ながめなれぬる山の端」の方が、今少しすぐれていましょう。

〔補説〕　左歌の評はまことに適切である。

十五番　寄苔恋

29
左 勝

庭の面はとしふるこけにかくるとも通しい《ひ》もをまちやまんかも

為兼

30
右

をのれのみかはらぬ庭のこけの色よかよひし人はかれはてにしを

権中納言局

右歌、これも難なく見え侍を《る》、上句なをい《ほ》ひおほせぬ所や侍らん。左歌、すがた詞ふるめかしく、ことによろしき歌に侍《る》べし。仍以《テ》レ左《ヲ》為《ス》レ勝《ト》。

〔校異〕 ○寄苔恋　刈谷本「恋」を欠く。久曽神本により補う。○こけの色よ　久曽神本「こけの色は」。とらず。

〔現代語訳〕

左　庭の面は、年を経た苔にかくれるようになってしまっても、その苔を踏んで通って来た愛する女性を待つ事を、あきらめて止めてしまうなんて、どうして出来るものか。

右　それだけは枯れもせず、青々とした庭の苔の色よ。通って来てくれた人は、私を忘れ、離《か》れ果ててしまったのに。

〔判詞〕 右の歌は、前番右同様特に欠点なくは見えますが、上の句はもう一息言い足りぬ所があるのではないでしょうか。左の歌は、姿も詞も古風であって、特に結構な歌でありましょう。これにより、左を勝とします。

〔補説〕 左歌、「妹」「待ちやまんかも」と、ことさら万葉風めいた表現が賞されている。当時の春宮・為兼の好尚が推測される。

十六番　寄枕恋」八オ

31　左　　大夫

しきたへの枕さだめぬよひ〳〵もおもひねにこそ夢は見えけれ

32　右勝　　具顕

かたみとてなれし枕をてなら《手馴》せばそののうつりが《香》のうすくなり行《く》

左、まくらさだめざらんよひ〳〵は、なを《ほ》おもひねのゆめもいかゞと見たまふるを、右、なれし枕、そのうつりがうすくなり行《く》なごり、恋の心も殊にかなしく、尤《も》勝とすべし。

【校異】○よひ〳〵　刈谷本「よゐ《ひ〔朱書〕》〳〵」。久曽神本により改む。

【現代語訳】

左　（愛する人が来ず）おちついて枕をして寝る事もできない夜毎々々ではあるが、それでも深くその人を思って寝るからこそ、恋人が夢に出て来てくれるのだよ。

右　これだけが愛する人の形見と思って、共寝し馴れた枕を愛撫していると、（悲しい事に）そこに残った僅かなその人の移り香さえ薄くなって行く。

【判詞】左の歌は、枕も定めないような宵々というのですから、それでは「思い寝の夢」も果して見られるだろうかと危ぶまれますのに、右の歌の、共寝し馴れた枕、しかもその移り香の薄くなって行く名残、というのは、恋の心も特別に美しく味わわれまして、当然勝とすべきでしょう。

【語釈】**○しきたへの**　「床」「枕」等の枕詞。

【補説】具顕のすぐれた詩情、これに共感する春宮の適切な評言がまことに快い。

十七番　山家

左持　　　為兼」八ウ

33 さびしさもしばしはおもひしのべどもなを《〈ほ〉》松風のうすくれの空

右　　　大夫

34 うき世をばへだてはてにしやども猶雲のふもとは都なりけり

此《〈の〉》番こそ、いとゞやさしう見え侍《〈る〉》めれ。しばしとおもひしのべどもといひて、猶松風のうすくれの空とつゞける心詞、たくみにも優にも侍《〈る〉》かな。ことに終句などめづらしくきこえ侍《〈る〉》を、又雲のふもとは宮こ《〈都〉》なりけりと侍《〈る〉》、まことにうき世へだてしやどながらも、すみなれしかたはこひしくながめられ侍《〈り〉》ぬべし。を《〈お〉》ろかなる心まよひて、いづれとさだめがたくなん侍《〈る〉》。」九オ

〔校異〕　○うき世をば　久曽神本「とは」とするもとらず。○雲のふもと（歌）　古典文庫本「雪」とするは誤り。
○いとゞやさしう……といひて　久曽神本「いと、やさしく」とし、「う……といひて」を欠く。誤脱と認む。
○やどながらも　古典文庫本「なかくも」とするは誤り。

〔現代語訳〕

左　山家の淋しさも、住みはじめて暫くはがまんしてはいるものの、やはり松風が吹き、あたりがうっすらと夕暮の色に包まれて来る空を見ると、耐えられない程に孤独が身にしみるよ。

右　浮世をすっかり隔て、思い切ってしまった山の中の住まいだけれど、それでもなお、この雲の下、ついそこは都なんだなあ。（ああ、やはり恋しい）

【判詞】この一番こそは、まことに心深く鑑賞されます。「しばしと思ひしのべども」と言って、「猶松風のうすくれの空」と続けた心と詞は、全く巧みにも優雅に詠まれた事です。特に「薄暮の空」など、珍しく感ぜられますのに、又「雲のふもとは都なりけり」とあるのは、本当に、浮世を離れた住まいと言いながらも、住みなれた所は恋しく眺められることでしょう。私の未熟な心は思い惑って、どちらが勝とも判定できません。

【補説】「うすくれの空」は、歌語はおろか、散文・話し言葉でも見当らないような、為兼らしくいかにも奇矯な造語であるが、判詞はこれを絶讃している。当時の春宮・為兼の好尚を推察し得る一例である。

十八番　鏡

左勝　大夫

35 見るたびに身の行《〈く〉》すゑのなげかれてかゞみさしを《〈お〉》きわれながめしつ

右　具顕

36 くもりなきうつるかたちをしる事も見るめのうへのかゞみなりけり

右、姿詞よろしきさまに侍《〈る〉》を、左、かゞみさしを《〈お〉》きて身の行すゑをおもひつゞけん心、さしあたりたる心地して、ことにお《〈を〉》かしくも侍《〈る〉》かな。右の、見るめのうへと侍《〈る〉》も、いまだおもひえ侍らず。いかさまにも左かち侍《〈る〉》べし。

【校異】○おもひえ侍らす「え」は古典文庫本「み」とするが、10「ふかきえ」と同じ書体、「ミ」。「思ひ得」が正しいと考え、改む。

〔現代語訳〕　左　鏡を見る度に、そこに映っている我が身の行く末はどうなる事かと歎声が出るから、鏡をそこに置いて、私はつくづく物思いに沈んでしまったよ。

右　曇りなく映る事によって、物の形を明らかに知る事ができるというのも、見る眼に応えてくれる、鏡の功徳なのだなあ。

〔判詞〕　右歌も、姿や言葉が相応ではありますが、左の、鏡はまず措いて、身の行末の方を思い続けるという心は、まことに適切に言いあてたという感じがして、特別に実に面白い事です。それに、右の「見る目の上」という表現も、私にはまだ納得できません。いずれにしても左が勝でありましょう。

〔補説〕　判詞の指摘は適切であるが、具顕詠の含意には、この時期為兼の歌道開眼を促した『成唯識論』との関連もあるのではないかと考えられる。「解説」五参照。

十九番　心

左勝　為兼　」九ウ

37　はかりなき心といひてわれにあれどまだそのゆへ《ゑ》をおもひえなくに

右　権中納言局

38　さま〴〵にくるしきこともわれとのみおもひそめける心よりして

此《の》左歌こそたくみにをよ《お》びがたきさまに見え侍めれ《る》。下句など、ことになべて思え《ひ》がたう侍《り》。右も心ありてきこえ侍れど、左にはおよびがたくぞ侍らん。

〔現代語訳〕

左　全くその存在意義を推量評価しえない存在として、「心」というものが私の中にあるけれど、まだそんなもののある理由について得心する事ができないよ。

右　生きて行く上の様々の苦しい事も、私は私一人、理解してくれる人は誰もいないのだ、と考えはじめてしまった、この心から生れて来るのだ。（耐えるより仕方がない）

〔判詞〕此の左の歌こそは、実にすぐれた表現で、匹敵するもののない姿に見えます。下句など、殊に通常では思いつきもされない所です。右歌も真情があるとは理解できますが、左には対抗できないでしょう。

〔補説〕「心」についての為兼の疑問を率直に表現し、歌の体をなしていないような歌であるが、判詞は穏やかにととのった為子詠を押えてこれを激賞している。歌題として珍しい「心」の採用と言い、「解説」五に述べた通り、当時の春宮・為兼の関心の所在を示し、『為兼卿和歌抄』の所説を裏書する、有力な証である。

二十番　神祇

左持　　権中納言局

39 せめて人をひろく道引《〈導く〉》ちかひより神とて世にもあとをたるらん」一〇オ

右　　具顕

40 まことあらば心あらはすことの葉をかず〳〵うけよ住吉の神

左、ことはり《〈わ〉》たしかにきこえて、あしからず侍《〈り〉》。右もおもふ所ありてよろしく侍れば、持にて侍《〈る〉》べし。」一一ウ

〔現代語訳〕

左　何とかして人々を分け隔てなく正しい道に導こうという誓いを立てられたところから、仏が神として世に現われ、跡を残されたのでありましょう。（ありがたい事です）

右　誠意の程をお認め下さるならば、心をそのままに表現した言葉――ここに詠じた和歌を、それぞれ皆御嘉納下さいませ、住吉の神よ。

〔判詞〕　左の歌は道理がしっかりと表現されていて、結構であります。右も誠意がこもって妥当ですから、持とするのが相当でしょう。

〔語釈〕　**〇あとをたる**　垂迹。仏が衆生を救うため、その本体を神に変えて現世にあらわれる事。**〇住吉の神**　摂津、住吉神社の祭神。本来は海上安全、国家鎮護の神であったが、『伊勢物語』一一七段の業平との唱和により、和歌の神として、柿本・玉津島と共に信仰された。

〔補説〕　この歌合一篇は伝統詠からはかなり逸脱した、奇矯な作品であるが、最後はやはり無難に、神祇讃仰詠をもってめでたく結び、形式を整えている。

看聞日記紙背詠草

概説

持明院統直系を継承する、伏見宮第三代、貞成親王（後崇光院、応安五～康正二年〈一三七二～一四五六〉85）は、その日録『看聞日記』の清書用紙として、伏見院時代以来保存されていた各種文書の紙背を用いた。その意図は、同記巻二・三・四の各巻末に、

月次連歌懐紙散在不《ル》レ可《ラ》レ然《ル》之間、態《ワザト》与黐《シテ》ニ懐紙《ヲ》一書《ク》レ之《ヲ》、且後日為ニ一覧《ノ》一也、……（巻二）

以下同趣旨の記文がある事により、これら文書の散佚を恐れての意識的作業であった事が明らかである。紙背文書の種類は、連歌懐紙・和歌詠草・各種目録・書状等多岐にわたるが、貞成親王の明察の故に、当代（応永～文安〈一四〇〇年代前半〉）のみならず、これを遙か遡る弘安五～嘉元頃（一二八二～一三〇三）の定数歌・詠草類が今日に残る事になったのである。

宮内庁書陵部編『図書寮叢刊　看聞日記紙背文書・別記』によれば、詠草は一紙約29×40～50㎝。各巻における枚数と資料としての残存状況は、同書31頁～35頁に詳しい。

同書所載の翻刻、及び交付を受けた紙焼写真、同記コロタイプ複製本コピーにより、これらの歌稿中弘安末年を中心とすると思われる九作品につき、注釈を行いたい。うち、中院具顕・京極為兼詠については、『京極派歌人の研究』54頁・70頁以下に考察を加えたので、参照されれば幸いである。次表に、作品所載の『看聞日記』巻次・

『叢刊』所載文書通し番号・各歌数を本注釈掲載順に示す。

巻五	六〇	中院具顕詠百首和歌（附十首）	110首
	六三	京極為兼詠百首和歌（立春）	100
	六二	京極為兼詠百首和歌（歳暮）	100
	六五	京極為兼詠三十首和歌	30
	七〇	世尊寺定成詠五十首和歌（残欠）	8
巻六	七一	世尊寺定成応令和歌	71
巻五	六四	西園寺実兼詠五十首和歌（残欠）	5
	六九	和歌詠草 京極為兼筆カ	6
	六七	和歌詠草 京極為兼筆カ	7
		計	437

合計四三七首。京極派研究上、無視しえない一大歌群と言えよう。いずれも弘安末年詠と見られ、著しく特異な発想表現を示して、いわゆる京極派歌風形成以前の、為兼を中心とする春宮グループの模索の姿を体現している。字余り・字足らず・奇矯な発想・口語的表現をはじめ、推敲訂正・欠字等、解読困難の部分も多々あり、古歌の引用もほとんど認められず、一人合点で解釈に当惑する部分も多いが、このような常識破壊・混乱を経てこそ京極派新歌風は創造されたのであり、その経緯を理解するために欠かせぬ作業と考えて、あえて強引な注釈を行った。その意を諒とされた上で、適正な批判をたまわりたい。

なお伏見春宮期の最末段階詠と思われる六九号・践祚後の可能性も考えられる六七号詠草は、番号順にかかわらず末尾に置き、当期を外れると推定される六一・六六・六八号詠草については、簡略な解説を施して最後に付載するにとどめた。

『図書寮叢刊』翻刻における欠脱文字の扱いは次の通りであり、これに従った。

［　］　文字欠脱

■　文字塗抹

（　）　残欠判読文字

傍書（カ）（ママ）は同書校訂のまま。〈　〉内傍書は私見による。

本文は右翻刻によるが、ごく一部、本文傍書補記を本行に繰入れた部分については、詠出時における作者の思考の動きを想像し得る一資料という意味で、写真所見により原形にもどした。

中院具顕百首附十首

冬日見㆓昨夜和歌之五十《ヲ》㆒加《フル》㆓今日楚忽之一百《ヲ》㆒耳《ノミ》（六〇）

左近衛権中将具顕

〔作者〕 具顕は左中将源具氏男、中院・土御門。正四位下。生年未詳～弘安十年（一二八七）。28前後か。伏見院の心友（『京極派歌人の研究』23頁以下参照）。『春のみやまぢ』に登場、また『弘安源氏論議』（弘安三年）筆者。『中務内侍日記』に、為兼との親交、十年十月春宮践祚直後の病死（十一月九日、尊卑分脈七日）が描かれる。京極派歌人従三位親子（伏見院後宮）の兄。『玉葉集』二首入集、『中務内侍日記』に五首（うち一首長歌）。また母方琵琶西流の血を受け、箏をたしなむ事も、同日記および『図書寮叢刊　伏見宮旧蔵楽書集成　二』（一九九五）所収箏相承系図四種・『秦箏相承血脈』に見える。

〔現代語訳〕

冬の一日、昨夜いただきました和歌五十首を見、今日、取りあえずの百首を唱和する次第であります。

〔成立〕 全六紙。十首毎に行間に歌数を表記する。百首に続き、同一紙に「（拝）〔　〕□《(之カ)》十首（置）別述懐之一句耳」として、別に十首が書きつがれている。90詠以降は歳末詠であり、かつ、99「年のうち先立つ年の暮の夜の大和言葉を見るが畏《かしこ》さ」により、この時期にしてただ一度閏十二月を有する、弘安九年（一二八六）同月（27歳？）の成立であると推定される。右99詠及び十首端作りから推測するに、十二月晦日、春宮御所で近臣等と共に催された五十首歌の各詠草を、籠居中でなければ当然参加したはずの具顕に示され、これに感奮して病身を励まして即座

（楚忽）に一日で詠出した百首であろう。附加十首の端作りは「（拝）［　］□《（之カ）》十首（置）別述懐之一句」とあり、「拝」と冠する所からして、或いは五十首とは別に、これら作品を具顕に示されるに当っての、春宮から具顕宛ての音信十首が添えられており、これに感銘して、「別に述懐の言葉を添えた」という事ではないかと思われる。

詠歌内容は十月初めから歳末に及んでいるが、101「あひにあひてあはれを添ふる気色かな冴えたる月に庭の白雪」をはじめ、「月」と「雪」とが特に実感をもって多数詠み込まれている事、また閏十二月十五日が立春であるのに、立春詠が皆無である事により、同月十一〜十三日の月明の頃の詠かと推測される。春宮御所での十二月晦日五十首歌の催しから、各人作品の取りまとめ、相互間の鑑賞批評等を経て、それらが具顕の手許に届けられるまでには、約十日の時日を要したと考えるのはほぼ妥当な推測であろう。病床徒然にあってこの風雅に感奮した彼は、寒さも忘れ、ただ一日にしてこの百首ならびに十首を成したと思われる。108「冬の日の寒さ忘るゝ大和言の葉」109「日暮しのかゝる言の葉［　］身を慰むる年の暮かな」110「安からで百詠《ももち》みたる［　］《〈まこ〉》とをばたゞ嘉《よ》みしねの心なるべし」の諸詠が、その成立の状況をあり〳〵と示している。

写真で見る限りの印象に過ぎないが、筆跡も、さほど時間をかけず次々と書きついだ趣を示し、書き損じや推敲の痕跡も随所にとどめている。

〔意義〕このような状況のもとに詠出された本百首には、具顕の繊細な感性と春宮への真情、病身の哀れが流露し、揺籃期作品群中随一の文学性、内面性をたたえて、後の玉葉風雅歌風をまさしく指し示している。それは当時の為兼にあっても企図しえなかった歌境であること、後掲立春百首以下の為兼ら諸作と対比して明らかであろう。京極派研究上、貴重な資料として今後の研究に期待する。

なお『中務内侍日記』では彼の死を叙して、「雲の上に心をかけて、今一度と願ども立て、何かしけれども、限りある世の慣ひなりければ叶はず、妄念のみあはれにかはゆき事も、『今はの際思ひ定めて』と言ひしにと悲し」と記し、また新帝伏見は翌十一（正応元）年二月十五日、涅槃追慕の詠を為すに当り、宸記に、「抑《モ》左中将具顕《ハ》者多年交遊之友也、如《キノ》レ此之時莫《シ》レ不《ルコト》レ接《セ》二其《ノ》座《ニ》一、而《テ》去年《ノ》冬受《ケ》レ病《ヲ》赴《キ》二黄泉《ニ》一了《ヌ》、毎《ニ》レ述《ブルガ》レ志《ヲ》恋慕之心不レ休《マ》、可《ク》レ惜《ム》可《シ》レ哀《ム》」と記している。以て、春宮との交情の深さ、近臣グループ内、また揺籃期歌人としての彼のあり方を知るに十分であろう。

なお、以下各詠草に示した参考歌の多くは、当代歌人等の一般的な和歌知識や感性、用語のあり方を示したもので、必ずしも作者がこれを意識的に本歌として取入れたとは限らない。この点『春宮御集』の場合ほどの重みは持たないと了解されたい。

1

冬きぬといふばかりなるながめよりやがてしぐるゝ神な〈無〉月かな

〔現代語訳〕 今日、冬が来た、と思う、たったそれだけの気持のせいで、庭を眺めると、もうそこにはらはらと時雨が降って来る、そんな十月の風情であるなあ。

〔語釈〕 **○ながめ**　物思いつつ、あてもなく外景を見つめている状態。秋の「長雨」をかけ、冬の「時雨」を導く技巧が軽く響かせてあるか。**○やがて**　すぐさま。即座に。

〔補説〕 巻頭歌として、十月朔日の風情を詠む。常套的ながら、百首総序として全詠の気分を代表する一首。

2

くれはてし秋は昨日のなごりさへしぐれかさぬるうきぐものそら

〔現代語訳〕 暮れてしまった秋、それもたった昨日の事なのに、と思う名残の涙さえ、折からの時雨に重なって降るような、雲のただよう空よ。

〔参考〕「折こそあれながめにか丶る浮雲の袖も一つにうち時雨れつ丶」（新古今五八四、讃岐）

〔補説〕「うきぐも」は『金葉集』頃から「憂き雲」をかけ、火葬の煙をも連想して若干の用例があるが、冬の景物として時雨とともに詠まれるのは勅撰集では参考詠が初例で、十三代集に好み詠まれるようになった。

3

我のみとなにおもひけんむらしぐれなれ《汝》もうき世にふりけるものを

〔現代語訳〕

自分一人が味わう辛い人生だと、何でそんなふうに思っていたのだろう。定めなく降る時雨よ、お前だって、このはかない世の中に、仕方なく存在し続けているのだのにね。

〔参考〕「我のみと思ひ来しかど高砂の尾上の松もまだ立てりけり」（後拾遺九八五　義定）「絶えぬとも何思ひけん涙河流れ逢ふ瀬もありけるものを」（後撰九四九、平子）

〔補説〕「降り」と「経り」をかけた技巧は通例のものだが、自然との交情にしみじみと真情こもる一首で、本百首詠出の気分を代表する。

4

涙さへ袖にぞか丶る神な《無》月身をうきぐもにしぐれ（ふ）るころ

〔現代語訳〕

（雨だけでなく）涙さえ袖に落ちかかって来るよ、十月ともなれば。我が身をつくづく憂い物と思う、それにも似た「浮（憂き）雲」から時雨が降る頃は。

〔参考〕「涙とて借らぬ時さへ来てみれば袖にぞかかる滝の白玉」（後拾遺一〇九九、典侍親子）「数ならぬ身をうき雲の晴れぬかなさすがに家の風は吹けども」（千載一〇八三、師尚）「露にだに当てじと思ひし人しもぞ時雨ふるころ旅に行きける」（拾遺三一〇、忠見）

【補説】「時雨ふるころ」はありふれた歌語のように思われるが、少くとも勅撰集では参考拾遺詠のみである。

5

身を秋のつゆよりやがてしをれそめて涙□《そカ》霜とはてはなりつゝ

【現代語訳】

我が身につくづく厭き（秋）果てた、涙の露のせいで、そのまま（袖は）濡れはじめて、その涙がとうとう終いには霜となって来ているよ。

【参考】「身を秋の我が世やいたく更けぬらん月をのみやは待つとなけれど」（新勅撰二九一、雅経）

【語釈】**○しをれそめて**　ぬれはじめて。表記は「しほれ」が正しく、びっしょり濡れること。

【補説】「身を秋（厭き）の露」という常套的措辞が、一転、冬を迎えて霜となるという着想は作者独自か。第三句の字余り、下句の言いまわしもしっとりと情感あふれる。因みに、本作の字余り歌は一一〇首中二三首。後述為兼詠には及ばないがかなりの数である。

6

ながめ〳〵さてもいくとせすぎつらんあるゝまがきの霜のしたくさ

【現代語訳】

つくづくと眺めくらしながら、ああこうして一体何年過ぎたことだろうか。荒れはてた垣根の根方、霜の下になっている雑草を。（何と淋しい私の人生か）

【参考】「もろともに眺め〳〵て秋の月一人にならむことぞ悲しき」（千載六〇三、西行）「置きまよふ霜の下草枯れ

そめて昨日は秋と見えぬ野辺かな」（続古今五四三、土御門院）

〔補説〕 これも勅撰集にはほとんど前例のない言葉続きであるが、本百首詠出の心境と情景がありありと浮ぶ。

7

たれさらにとふべしとしはまた（ね）どもくさばかれゆくころはかなしも

〔現代語訳〕

（籠居していて）誰かが事新しくたずねて来てくれるだろうと、そんな事は待ってはいないのだけれど、冬、草葉が枯れて行く頃は、知人もみんなこうして離《か》れて行くのだなあ、と思って、本当に悲しいことだ。

〔語釈〕 ○しは 「し」は強意の助詞。○かれゆく 「枯れ」と「離れ」をかける。

〔補説〕 何の奇もないような歌だが、勅撰集中には似寄りの修辞は見出しえなかった。

8

山ぎはのゆふ《いり》ひさびしきゆふぐれにを《〈お〉》ちばふくかぜのあらましきこゑ

〔現代語訳〕

山際に落ちて行く入日の姿も淋しい夕暮れに、（更にその思いを駆り立てるように）落葉を吹く風の荒々しい声が聞える。

〔参考〕「月影の澄みのぼる跡の山ぎはにただひとなびき雲の残れる」（風雅五九八、為子）「いとあらましき水の音、波の響きに」（源氏物語、橋姫）「松風の吹き来る音も、あらましかりし山おろしに思ひくらぶれば」（同、宿木）

〔補説〕「山ぎは」は、勅撰集中玉葉二、風雅五例しか用いられていない。また「あらまし」（荒々しい意の形容詞。願望・予定の意の名詞・動詞ではない）は、和歌には用いられず、散文でも『源氏物語』宇治十帖に突出して多用される特殊な語である。これをごく自然に用いている所に、伏見春宮周辺の源氏好き、また『弘安源氏論議』筆者たる具顕の面目の程があらわれている。なお、二・三句の重複に気づいてか、改訂がなされている。

9

をちつもるにはのくち葉にかぜすぎてこゝろもすごきふゆのゆふぐれ

〔現代語訳〕
落ち積っている、庭の枯れ朽ちた落葉の上を風が吹き過ぎて、その音を聞くと心もぞっとするほど物淋しくなる、冬の夕暮よ。

〔参考〕「落ちつもる庭の木の葉を夜の程に払ひてけりと見する朝霜」（後拾遺三九八、読人しらず）「雨そそく花橘に風すぎて山時鳥雲に鳴くなり」（新古今二〇二、俊成）「枯れ立てる色も姿もかすかなる尾花が野辺の冬の夕暮」（伏見院御集二〇二三）

〔補説〕実感こもる描写で、詠者眼前の景を髣髴する。第二・四・五句、勅撰集には用例を見ない。

10

ふりしけるにはのを《〈お〉》ち葉がうゑ《〈へ〉》にして霜にあとあるむらしぐれかな

十

〔現代語訳〕
一面に降り敷いている、庭の落葉の上に当って、葉に白く置いた霜の上に点々と跡を残している、気ままな時雨よ。

〔補説〕冬日の触目をそのままにうたって、情景見るが如く、「霜にあとある」――庭上一面の落葉に霜が白く、その上に、まばらに降った雨粒のあとがそのままに残っている、という、言われてみればいかにもありそうな、しかし繊細な注意力をもってしなければ把握できないような風景が見事にとらえられている。感情語は一切まじえず、しかも詠者の寂寥感の惻々として迫るものがある。作者の誠心からおのずから生れた、本百首中有数の秀歌であろう。

11 いつまでか世にふ□《（るカ）》さとのゆふしぐれ（を《〈お〉》ひ）〱つねに袖をぬらさん　』

【現代語訳】 一体いつまで、この世に生きていて、古び、さびれた住まいに降る夕時雨に、あとからあとから、いつも同じように袖を濡らして生きて行くのだろうか。

【参考】 「下紅葉かつ散る山の夕時雨ぬれてやひとり鹿のなくらむ」（新古今四三七、家隆）

【語釈】 **○世にふるさと** 「世に経る」と「故郷」をかける。**○をひ〱** 追いかけ追いかけ。

12 をちこちは《の》いづくもかくやしぐるらんこなたかなたにま（よ）ふく《う》きぐも

【現代語訳】 遠く近くの、どこでもこんなふうに時雨れているのだろうか。こちらにも、又あちらにも、浮雲が迷い、漂っているよ。

【参考】 「白雲のこなたかなたに立ちわかれ心をぬさとくだく旅かな」（古今三七九、秀崇）

【補説】 「うきぐも」は2参照。これも冬の天象を見るが如くにとらえている。

13 まがきなるふるきをばな《〈尾花〉》のかれ色にゆふひ《〈夕日〉》さびしくうちながめつゝ

【現代語訳】

垣根に生えている、古くなった薄の穂の枯れた色を淋しく照らす夕日の光を、私も寂寥の思いでじっと眺めているばかりだ。

〔参考〕「旅人の袖吹きかへす秋風に夕日さびしき山のかけはし」（新古今九五三、定家）

14 （うつ）［　］さまに［　］ふけるものわびしさは秋□《（よカ）》（り）もけに

〔補説〕上句欠字多く、解し難い。「さまに」は『図書寮叢刊』では欠字とするが、写真所見により補った。

15 のきちかきまつのあらしもつよ《〈強〉》る也や丶ふゆふかくなりまさるらし

〔現代語訳〕

軒近い松に吹く強風も、だんだん強まるようだ。いよいよ冬も深くなって来るらしいよ。

〔参考〕「三吉野の山の白雪積るらしふるさと寒くなりまさるなり」（古今三二五、是則）

〔補説〕「つよる」（強くなる）は歌語ではなく、日常語としても珍しい。「や丶」は「少々」「次第に」ではなく、「一層」の意である。

16 なにとなくうちながむればくたけ《れ〈呉竹〉》にそこはかとなくあられふりか丶る

〔現代語訳〕

何の気なしに庭の方を見やっていると、呉竹に、気ままに頼りなげに、霰が降りかかる。（それが心にしみて淋しい）

〔参考〕「何となくながむる袖のかわかぬは月の桂の露や置くらん」（千載一〇一三、親盛）「神無月風に紅葉の散る

時はそこはかとなく物ぞ悲しき」（新古今五五二、高光）

〔補説〕「なにとなく」は勅撰集の用例三〇例、うち玉葉四、風雅一四例と、半数以上を占める京極派愛好句である。安易に用いられやすい傾向もあるが、本詠では「そこはかとなく」を伴って、作者の無力感、寂寥感を如実に表現している。「くれたけ」の「れ」の位置は『叢刊』本行とするが、写真所見により改めた。

17

かぜさむみむら〱ゆきのくもたえ《〈雲絶え〉》にあられまじりてくれぬこのひ《〈日〉》は

〔現代語訳〕

風がひどく寒く感じられて、気ままに雪を降らす雲の、ふとした絶え間には霰さえまじって、淋しく暮れてしまったよ、この一日は。

〔参考〕「風さむみ木の葉晴れゆく夜な〱に残るくまなき庭の月影」（新古今六〇五、式子内親王）

〔補説〕「むら〱雪の雲絶えに」など、用例の全くない奇矯な表現を取りながら、情景とそれに触発される作者の心の深い淋しみが、沁み入るように表現されている。10「ふりしける」の詠とも対照しつつ鑑賞されたい。

18

けさみれば□《（雲カ）》（の）ゆく《き》きもつらゝゐてものさびしかる池のおもかな

〔現代語訳〕

今朝、ふと見ると、雲の往来を映していた水面もすっかり氷が張りつめて（空を映す事もなく）、ひっそりと淋しい池の表面であることよ。

〔参考〕「今朝見ればさながら霜をいただきて翁さびゆく白菊の花」（千載三四六、基俊）「つららゐてみがける影の見ゆるかなまことに今や玉川の水」（千載四四二、崇徳院）

〔語釈〕 **○つらゝ**　張りつめた氷。今日言う「氷柱《つらら》」は「垂氷《たるひ》」である。

19

□《（かカ）》たしきにかゝる涙の袖さえてとけぬつらゝのいく夜ともなく

〔現代語訳〕

独り寝の淋しさに、敷いている自分だけの衣にかかる涙で袖も冷え切り、氷りついてとけない、という状態の夜が、幾夜ともなく続くことよ。

〔参考〕「誰かまた涙のつらら袖さえて霜夜の月に物思ふらん」（続古今六一四、行家）「住みなれし人影もせぬ我が宿に有明の月の幾夜ともなく」（新古今一五二九、和泉式部）

〔語釈〕 **○かたしき**　片敷。共寝の時男女の衣を敷き交すのと異なり、独り寝で自分一人の衣だけを敷いて寝る意。

20

いたづらに秋にわかれしかりがねのくもにさむけきふゆのこゑ〴〵

廿

〔現代語訳〕

全く空しく、実りの秋に別れてしまった雁の群が、雲の中で寒々と鳴いている、冬の声々よ。（それを聞く私も空しく淋しい）

〔参考〕「長月の別れを惜しと言ひ〳〵ていつか我が身の秋に別れん」（続後撰一〇八四、寂心）

〔補説〕「雲に寒けき冬の声々」は勅撰集に見えぬ修辞。簡潔ですぐれている。

21

あはれわがことし《〈今年〉》もふゆのながめしてうきとし月のそはんとすらん

〔現代語訳〕　ああ、悲しいことだ。私は何のなす事もなく、今年も冬になったな、という思いでつくづく物思いに沈み、こうした状態のままで辛い年月が又加わろうとするのか。

〔補説〕　各句ともに、勅撰集中に適切な参考歌を見出しえなかった。作者の率直な歎声を聞くような心境詠。

22

人とはでふみ《踏》もからさぬみちしばのをのれ《お》あとなきにはのかよひぢ

〔現代語訳〕　訪問者もないので、踏み枯らされる事のない道の芝草のために、自然とその痕跡もなくなってしまった、庭の通路よ。

〔参考〕　「あはれにもおのれうけてや霞むらん誰がなす時の春ならなくに」（風雅一四二七、伏見院）

〔語釈〕　**○をのれ**　自分で。ひとりでに。

23

そのしたのきりぐ〳〵すだにおともせでふゆがれよもぎたてるすごしも

〔現代語訳〕　秋にはその下で鳴いていたこおろぎさえ、今は声も立てないで、冬枯れの蓬がひっそりと立っている姿の、何と寒々と心淋しいこと。

〔参考〕　「鳴けや鳴け蓬がそまのきりぎりす過ぎ行く秋はげにぞ悲しき」（後拾遺二七三、好忠）

〔語釈〕　**○きりぐ〳〵す**　→「春宮御集」32〔語釈〕。

〔補説〕　好忠詠の季節的変容とは言いながら、音もなくひっそりと立つ冬枯蓬の立体感、その下にひそむであろう小昆虫への愛情共感に、作者の籠居寂寥の思いが深々と表現されている。類例のない秀歌である。

24
みぎはにはとけずこほりのむすびつゝほそくながるゝ山川の水

〔現代語訳〕両岸には、融けることなく氷が張っているままに、中間を細々と流れている、山川の水よ。

〔参考〕「峰の雪汀の氷踏み分けて君にぞまどふ道はまどはず」（源氏物語七四三、匂宮）

〔補説〕自らの心細さの象徴としての、想像上の叙景であろうが、しみじみとした実感をもって詠まれている。

25
山ざとのにはのふる葉をかきあつめたれさびしさのけぶりたつらん

〔現代語訳〕（ああ、遠くの山の麓から一筋の煙が立っている。）山里の庭に散った古い落葉を掻き集めて、誰があんな淋しい煙を立てているのだろう。

〔参考〕「人目だに見えぬ山路に立つ雲をたれすみがまの煙といふらん」（後撰一一五七、信）

〔補説〕寂寥の心象風景。以下同趣の詠が続く。

26
ふゆもきぬとしもなごりのすくなさをいかにかせんとうちなげかれて

〔現代語訳〕ああ、又冬が来た。この一年の残りも本当に少なくなってしまった。この淋しさをどうしようかと、自然と悲しまれてならないよ。

27 この葉なきこずゑをはらふあらしこそ身にあたら［　］（ぬにカ）さむけかりけれ

〔現代語訳〕木の葉のすっかり落ちた、枝だけの梢を吹き払う嵐こそ、身体にも当らないのに見ているだけで寒く感じることだなあ。

28 くちのこるまがきのをばなうちまねき□□（け）を□□□ゆふあらしかな　』

〔現代語訳〕わずかに枯れ残っている、垣根の尾花が（風のために揺れて）まるで雪の気配を誘って手招きをしているような、夕嵐の様子だなあ。

〔補説〕下句、「ゆきげをさそふ夕嵐かな」かと考えて仮に解した。

29 ゆふさればからは《ママ》の（え）だを［　　］（ら）しのを《お》とも身をとを《ほ》しつゝ

〔現代語訳〕夕方になると、枯葉のわずかに残った枝を吹き払う嵐の音も、我が身を吹き通すかのように感じられる。

〔補説〕第二句以下、「枯葉の枝を吹き払ふ嵐の音も身を通しつゝ」として仮に解した。

30 霜はらふかれのゝあらしふきさやぎしろくのこれる有あけのかげ

三十

〔現代語訳〕

草葉に置いた露を吹き払って、枯野一面に嵐が音立てて吹き渡り、見上げる空には白く、有明月の姿が残っている。

31

いましわ（が）霜夜（の）月にねざめしてよろづのことを思ひつらぬる

【現代語訳】 今しも私は、霜の降る夜を照らす月にふと目を覚まして、（寝られないままに）さまざまの事を思い続けているよ。

【参考】「誰か又涙のつらら袖さえて霜夜の月に物思ふらん」（続後撰六一四、行家）

32

□をとを《〈ほ〉》すあらしつめたきゆふ□《〈くカ〉》れはかねのおとまで（さ）えてなるらん

【現代語訳】 身を吹き通すように、嵐が冷たく吹く夕暮は、鐘の音まで一入冴えて鳴るようだよ。（何と寒いこと）

【参考】「寝覚めする身を吹きとほす風の音を昔は袖のよそに聞きけん」（新古今七八三、和泉式部）

【補説】 初句の欠字は「身をとほす」であろうと考えた。

33

ゆくこま《〈駒〉》のあしおとさえてきこゆな［　　］《〈リカ〉》（水）やこほりたるらし

【現代語訳】 川辺を行く馬の足音が一入冷たく聞えるようだ。（以下不明）水が氷っているらしいよ。

【補説】 欠字部分は思い得ない。

34

ねざめしてものおもひをれば水とりのたちゐも《ミ》○《のはをと〈羽音〉》さむくきこゆ也

〔現代語訳〕

夜中、目を覚ましてあれこれと物思いをしていると、折しも水鳥の羽ばたき、身じろぐ羽音が、いかにも寒々と聞える。

〔参考〕「冬の夜に幾度ばかり寝覚めして物思ふ宿のひましらむらん」（後拾遺三九二、増基）

〔補説〕「はをと」は『叢刊』本行とするが、写真所見により改めた。

35

おほぞらのゆきげのくもはゝれ《〈晴〉》ながらこほりのしたにくもる月かげ

〔現代語訳〕

大空にかかっていた、雪の気をはらんだ雲は晴れ、月が明るい姿を現わしたけれど、下界ではそれを映す氷のせいで、やはりその光は曇って見える。

〔参考〕「空はなほ霞みもやらず風さえて雪げに曇る春の夜の月」（新古今二三、良経）

36

いとゞしくさむさすゝむるあらしかなまがきのたけをふきはらひつゝ

〔現代語訳〕

全く甚だしく、寒さをつのらせる嵐だなあ。垣根の竹を吹き払い吹き払いして。

37

ものすごきふゆのゆふべにながめしてうき世の中のかなしかるらん

〔現代語訳〕

ぞっとするほど物淋しい冬の夕暮に、ぼんやり思い沈んでいると、この頼りにならない世の中の、何と悲しいことだろうか。

〔参考〕「わが身から憂き世の中と名づけつつ人の為さへかなしかるらむ」（古今六六〇、読人しらず）

〔補説〕「ものすごき」は勿論現代的な意味ではなく、「物淋しい」意であるが、和歌に用いられたのは『光厳院三十六番歌合』（貞和五年〈一三四九〉）の、「心澄む冬の眺めもものすごし煙に暮るる里のひとむら」（六一、公賢女）および室町・近世各一例のみである。

38

なにとしは思ひわかねどふゆの雨のをやまぬ日こそものあはれなれ

〔現代語訳〕

一体どうして、何が原因でとは思い当らないのだけれど、冬の雨の少しもやまずしとしとと降り続ける日こそ、何とも言えず淋しく心沈むことだなあ。

〔参考〕「何事と思ひ分かねど神無月時雨るる頃は物ぞ悲しき」（続後撰一〇八九、良実）

〔補説〕初句「し」は強調。以上三首、全くのただこと歌ながら、しみじみと実感のこもる心境詠である。

39

さてもまたいかにかあらんの身のゆ（くゑ）《〈行方〉》このふゆざれになげきくはへて

〔現代語訳〕

こうしてようやく生きていても今後どうなって行くかと考える、我が身の成行きの心細さよ。この荒れさびれた冬の風景に、更に歎声を加えて。

〔参考〕「さても又幾世かは経む世の中に憂き身一つの置き所なき」（新勅撰一一四九、寂蓮）「冬ざれの浅茅が上に置く霜の消ゆる雫は垂る氷なりけり」（玄玉集三一七、広言）「おく霜にやつれぬ梅は冬ざれて若葉は枝に春や待つらん」（他阿上人集五五一）

〔語釈〕 **○ふゆざれ**　冬の、物淋しい情景。「冬されば」を「冬ざれは」と誤読した所から起った語か。参考広言（文治三年〈一一八七〉存命）詠は突出して早い例で、のち、近世誹諧に用いられる。

40

ふゆの夜（の）月いりがたのそらの色にほしの光もさえ□《（てカ）》ぞ「　」《（みゆるカ）》

（四）十

〔現代語訳〕

冬の夜の、月が沈みかける空の暗い色の中に、星の光が一入輝きを増して見えるよ。

〔参考〕「請け取りき憂き身なりとも惑はすな御法の月の入り方の空」（新勅撰五六〇、慈円）

〔補説〕「いりがた」（入る頃）は勅撰集では九例、いずれも月についてのみ用いられ、参考歌および続千載二四〇寂蓮詠を除いては、玉葉二例、風雅四例、うち宗尊親王詠（風雅）一首以外、すべて京極派歌人の特徴的叙景歌である。本詠はその先蹤として注意される。

41

ふるさとのはるまつほどのなかやどにいづくへかゆくふゆのかりがね

〔現代語訳〕

北の故郷に帰るはずの春を待つ間の、暫くの住まいとして、どこへ行くのかね、飛んでいる冬の雁よ。

〔語釈〕 **○なかやど**　中宿り。旅の途中での一時的宿泊場所。

〔補説〕 秋、来る雁、また春、北に帰る雁と異なり、本詠のようなとらえ方は全く勅撰集に見えない。

42

霜がれのみぎはのあしのをれふしてなびくをきけばものぞかなしき

〔現代語訳〕 霜に枯れた水辺の芦が、折れ倒れて風になびいている、その音を聞くと、何とも物悲しいよ。

〔参考〕 「難波潟汀の芦の老いが世に怨みてぞ経る人の心を」（後撰一一七〇、読人しらず）

43

むら〳〵にゆふべのからすとびてゆく気色もふゆはさむげなるらん

〔現代語訳〕 少しづつむらがって、夕暮、鳥が飛んで行く。その様子も、冬と言えば、いかにも寒そうに見えるなあ。

〔参考〕 「むら〳〵に氷りのこれる池水にところ〴〵の春や立つらん」（後拾遺異本歌一二二八、嘉言）

〔補説〕 「むら〳〵」が京極派の特異句である事はよく知られている。勅撰集用例二四首のうち、玉葉八、風雅六、計一四首にのぼるが、その対象は雲・霧であり、鳥の飛び行く様を形容したのは本詠のみである。

44

よはさむし人もこなくのまきのとを心さは《（わ）》ぎにたゝくかぜかな

〔現代語訳〕 夜になると本当に寒いのに、人も訪ねて来ない私の家の木戸を、心をさわがせるようにたたく風よ。（その度に人恋しく、切ない気持になるよ）

〔語釈〕 **○こなくの** 「来ぬ」をク語法により名詞化した形。来ないところの。

45

あはれげに思ひ出かなひと夜みしみ[　]《（かきカ）》の月のゆ[　]《（きのカ）》うへのかげ

〔**現代語訳**〕 ああ本当に、忘れられない思い出だなあ。あの夜に見た、春宮御所のお庭の、積った雪の上を照らしていた月の光は。

〔**語釈**〕 **○あはれげに** あはれ、実《げ》に。「哀れ気に」ではない。**○ひと夜** 或る特定の一晩。**○みかき** 御垣。貴人邸の垣、転じてその邸。ここでは春宮御所。

〔**補説**〕 弘安当時の春宮御所は、後深草院御所である冷泉富小路殿の一角、「角御所《すみの》」で、そこでの主従和合の生活ぶり、「師走の月見」の風雅は、『中務内侍日記』に詳しい。それを思い出としてなつかしんでいる所から、詠歌当時作者はおそらく病身のため出仕できず、自宅に籠居していたと推測される。百首全体の憂愁感が、それを裏書している。なお七一定成詠草、29詠を参照されたい。

46

さくとみてこと葉に（か）けしこそのきくのくちて［　］（きカ）ほと［　］りに［　　］』

〔**現代語訳**〕 きれいに咲いたと見て、言葉に出して賞美した去年の菊が、枯れて（以下欠）

〔**補説**〕 下句欠脱で意味不明。あるいは末句は「ほどふりにけり」かとも思うが如何。

47

雪げかとみえつるそらのうきぐもにやゝふし《り》むるゆふぐれの雨

〔**現代語訳**〕 雪の前兆かと見えた、空を漂う雲であったが、（雪ともならず）次第にしみじみと降りまさる、夕暮の雨よ。

〔**参考**〕 「空はなほ霞みもやらず風さえて雪げにくもる春の夜の月」（新古今二三、良経） 「春雨は降りしむれども鶯の声はしほれぬ物にぞありける」（金葉一六、俊頼）「さえくらす都は雪もまじらねど山の端白き夕暮の雨」（続古今六三九、定家）
〔補説〕「夕暮の雨」はごく一般的な歌言葉のように思われるが、実は〔参考〕定家詠以外、勅撰集詠としては京極派の独占で、玉葉三、風雅九、計一二首。代表的な京極派特異句である。「ふり」は『叢刊』本行とするが、写真所見により改めた。

48

おもひやるよゝのみなせ《〈水無瀬〉》のかはちどりたれかむかしのことをとふらん

〔現代語訳〕
つくづくと家の代々を思いやれば、はるかに後鳥羽院の遺臣で水無瀬離宮をおあずかりした水無瀬信成につながる。水無瀬川に遊ぶ千鳥よ、誰がお前にその昔の事をたずねるだろうか。（誰もたずねはしまいけれど……）
〔語釈〕○みなせ　摂津の歌枕、水無瀬。大阪府三島郡島本町。後鳥羽院の水無瀬離宮の地、現水無瀬神宮あり。
〔補説〕具顕の母方の祖父、法印任快は、後鳥羽院の近臣、水無瀬信成の猶子である。後鳥羽院は、隠岐で崩御の十三日前、宸翰御手印置文（国宝、水無瀬神宮蔵）を賜わり、摂津水無瀬庄ほかを与え、自身の追善料所とする事を言いおかれた。堂々たる筆跡と、文面に押された両掌の朱印が、なお衰えぬ気迫の程を示している。具顕はこの君臣の交わりに、春宮と自らの交情を思いよそえて、この述懐詠を成したに違いない。一方、任快妻孝孫前、すなわち具顕の祖母は西流琵琶の名手で、箏もよくし、具顕も箏奏者である（『中務内侍日記』）。「誰か昔のことをとふらん」には「事＝箏」がかかっていよう。旁た、意味深い一首である。

49

（かは）かぜもさむくしふ《〈吹〉》けるさ夜なかになく（やち）どりのこゑのさびしさ

〔現代語訳〕

川風も本当に寒く吹いている、この真夜中に、鳴いている千鳥の声の、何と淋しいこと。

50　あれまさるねやのいたま《〈板間〉》をふきとを《〈ほ〉》よ《す》はのあらしの身にぞしみゆく

（五）十

〔現代語訳〕

ひどく荒れてしまった、寝所の羽目板の隙間を吹通して来る、夜半の強風がつくづく身にしみて行くことだ。

〔補説〕「す」は『叢刊』本行とするが、写真所見により改めた。

51　山の葉《〈端〉》にさえたるくものみえつるはけふしらゆきのふればなりけり

〔現代語訳〕

（昨日まで）山の端に凍りつくような雲が見えていたのは、今日、こんなに白雪が降ることになるからだったんだな。

〔補説〕この前後、いかにも身にこたえる寒さを実感的に詠む歌が並び、秀歌とは言えないが、病身の作者の痛々しさがしのばれる。

52　ふりかくすゆき（の）《に》おのえ《〈尾上〉》の松がえ《〈枝〉》のみしにもあらぬ雪のうちかな

〔現代語訳〕

その緑をすっかり降りかくしてしまう雪のために、山の上の松の枝の様子まで、まるでいつも見るのと変ってしまった、雪の中の姿だなぁ。

〔参考〕「昔思ふ庭に浮木を積みおきて見しにもあらぬ年の暮かな」（新古今六九七、西行）

〔語釈〕○みしにもあらぬ　以前見ていたのと全く違う。

53　しらゆきのふりぬときけばなにとなくいそがはしくぞ（を《お》）きいでらる、

〔現代語訳〕「雪が降ったよ」と聞くと、別に何という事もないんだけれど、大急ぎで起き出してしまうよ。

〔補説〕寒い、寒いという口の下から、雪が降ったと聞くと何だか嬉しくてとび起きてしまう。万古変らぬ人間心理であり、寒気とわびしさをうたう諸詠の中で、作者もやはり若々しい青年であると、救われ、微笑まれる。なお「解説」七参照。

54　あるじ（な）きやど、《と》もいはずふりて□《けりカ》人のなさけのみゆきなりせば

〔現代語訳〕ここはちゃんとした主人もいない家だからよけて行こう、などとも言わず、平等に雪は降ってくれるよ。人の情も、この雪のようであってくれればいいのに。

〔参考〕「主なきすみかに残る桜花あはれ昔の春や恋しき」（続古今一四一〇、国基）

55　しらゆきのつもれ（る）ときはあさゆふにみなる、木、もめづ（ら）□《しカ》きかな

〔現代語訳〕

まっ白に雪の積った時には、朝夕見馴れている木々も、珍しいもののように思われるよ。

56

[　]出る《〈づ〉》心のうちもしづまりぬ雪うちゝ《〈散〉》れるむらくものそら

〔現代語訳〕（初句不明）心の中もおちつき、静まった。雪のちら〳〵と舞う、雪のむらがった空を眺めていると。

〔補説〕初句は「ながめ出づる」か、如何。

57

（はな）の木にふ（りかゝ）る雪のちるみればたえけることお《〈ママ〉》もほゆるかな

〔現代語訳〕梅の花の咲いた木に降りかかる雪の、はら〳〵と散る様子を見ると、今はもう終ってしまった事がしきりに思われるよ。

〔補説〕四句脱字は「たえけることの」か。

58

よのほどにみゆきをよもにつもらせてさもなごりなく[　　　]れ[　　　]

〔現代語訳〕一晩の間に、深い雪を四方に積らせて、まあ何とその名残もなく（五句欠）。

〔補説〕この前後、欠字多く十分な解ができないが、歌もやや低調。本詠第五句は雪晴れの空を賞したものであろう。

59　けさはまたあさひのかげも（く）も□《りカ》なくものしづか「　」《なるカ》ゆきのたま水

〔現代語訳〕（昨日は一日降雪だったが）今朝は一転、朝日の光も曇りなくさして、物静かにしたたり落ちる、玉のような雪どけの雫よ。

60　と「　」とまがきにゆきの丶《残》こる日はつねよりかぜのつめたかるらん

六十

〔現代語訳〕あとから降って来る雪を待っているかのように、垣根に雪の残っている日は、ふだんよりも風が冷たいようだよ。

〔参考〕「降りそめて友待つ雪はむばたまの我が黒髪の変るなりけり」（後撰四七一、貫之）

〔補説〕初句欠字は必ずや貫之の名歌による「友待つと」であろう。古典を巧みに踏まえて、情景が活きている。

61　よものこずゑさ□《なカ》がらゆきのながめをばこの世のもの丶心ちこそせね

〔現代語訳〕四方の梢が、全部雪で埋まっている眺めを見ると、まるでこの世のものではないような神々しい感じがするよ。

〔参考〕「みるがなほこの世の物とおぼえぬはからなでしこの花にぞありける」（千載二〇六、和泉式部）

〔補説〕「この世のものとも思われない」とは現代でも通用するレトリックであるが、勅撰集で用いられているのは右の和泉式部詠一首、それも「大和撫子」との対比の興であり、本詠の例は珍しい。

62　あさあらしか□《せカ》さえたゆるぎて□《を》ちにけりなかめてあ［　］《たらカ》たけのうすゆき

〔現代語訳〕朝嵐が起ると、風が冴え、枝がゆれて落ちてしまったよ。せっかく眺めていたのに、ああもったいない、竹に積った薄雪よ。

〔参考〕「山の端の眺めにあたる夕暮に聞かで聞ゆる入相の音」（風雅一六六二、伏見院）「見るとなき心にもなほあたりけり向ふ砌の松の一本」（同一七三五、為兼）

〔語釈〕**○たゆるぎて**　「た」は接頭語。「たばしる」の類。

〔補説〕第四句は参考伏見院詠同様、「ながめにあたる」かと考えたが、写真に見る「て」の字形は「に」とするにはやや無理のようでもある。「眺めに当る」（視線の先にちょうど存在する）は典型的な京極派特異句なので、未練が残るが、如何。

63　あはれとは［　］《げにカ》けふにこそながめつれこほりのうへの雪のむら〳〵

〔現代語訳〕ああ、いいなあ、とは、本当に今日の景色にこそ感銘することだ。氷の上に雪のむらがって積っている様子は。

〔補説〕「むら〳〵」は43参照。

64　しら□《ゆ》き（は）ことにつも（り）てみゆるこそとを《ほ》き山べのすがたなりけれ

〔現代語訳〕白雪が、特別に深く積っていると見えるのこそは、遠い山のあたりの風景そのままの、風情ある姿だなあ。

〔参考〕「時は今は春になりぬとみ雪ふる遠き山べに霞たなびく」（新古今九、読人しらず）

65　こよひ雪ふりぬ［　　　］《せんかカ》だ《め》なく（さカ）ゆく□のくもかな

〔補説〕欠脱多く、解釈不能である。

66　□□《まカ》くれてをや（ま）ぬ雪のふるさと（は）□《あ》れ［　］《しカ》もぞあはれ□《な》りけり

〔現代語訳〕

空をかき曇らせて、少しも止み間なく雪の降る古里は、こうして荒れ行くばかりかと思うとまことに憐れであるよ。

〔補説〕初句「□《まカ》」とするのは「き」とも読めるので、「かきくれて小止まぬ雪の故郷は荒れゆくしもぞあはれなりける」であろうと見て仮に訳した。如何。「降る」に「古」をかけ、末句「けり」は係り結びの関係で「ける」であろう。

67　つゆ■のをき霜のむすびて［　　］《はカ》（を）いたゞくにはの［　］《さカ》□む□□《まカ》

68　［　　］《にカ》いで［　］《ゆか》ぬひ［　　］《ゆきカ》につれ〴〵としてながめくら□《しカ》ぬ

69　［　］と［　　　］てもあれな庭のゆきあとも（を）しけし［　］《くカ》（し）□もあり　』

〔補説〕右三首は欠脱多く解釈不能。69二〜四句は「踏までもあれな庭の雪あとも惜しけし」であろうかとも思うが如何。

70

わが身世にふるしらゆきをながめても［　　］《また（ママ）》いづくにつもるとしかな

七十

〔現代語訳〕

小町の「わが身世にふる」ではないが、私の身もまた、世に生き長らえて、降る白雪を眺めるにつけても、雪の積るように、またどこに年は積るのか。（ただ私の身に積り、老いて行くだけではないか）

〔参考〕「花の色はうつりにけりないたづらに我が身世にふるながめせしまに」（古今一一三、小町）

〔語釈〕**○世にふる**　「経る」に雪の「降る」をかける。

〔補説〕下句は「またはいづくにつもるとしかは」であろうと考えて仮に訳したが、上の「は」は欠字、下の「な」は明らかに「那」である。如何。

71

いつかげにうちもとくべきものをのみおもひつもれるやどのしらゆき

〔現代語訳〕

ああ、いつになったら本当にすっかり融けてくれるのだろうか。物思いばかりが重なって辛い、私の家に積っている白雪は。（雪と同様、物思いが積って苦しい私の心よ。一体いつ、安らかに心解ける日が来るのだろうか）

〔参考〕「物をのみ思ひ寝覚めの枕には涙かからぬ暁ぞなき」（続古今八一〇、信明）「立ちかへり又仕ふべき道もがな年経りはつる宿の白雪」（続拾遺六五七、為家）

〔補説〕「とく」「つもる」と、雪の縁語仕立ての歌ではあるが、境遇から来る実感としてしみじみとした味わいがある。

72

かれのこるのきのしのぶのひとも（と）にものはかなげに（かゝ）るしらゆき

〔現代語訳〕

枯れがれになりながら残っている、軒に生えた忍草のたった一本に、いかにも頼りなげにかかる白雪よ。

〔参考〕「故郷は散る紅葉ばにうづもれて軒のしのぶに秋風ぞ吹く」（新古今五三三、俊頼）

〔語釈〕**○しのぶ**　忍草。シダ植物の一種、ウラボシ科。岩石や古い軒端に生える。「偲ぶ」を連想させる。

73

きえのこるあるかなきかのにはのゆきふるとはなしの身のたぐひかな

〔現代語訳〕

あるかないか、という程度に消え残っている庭の雪よ。その、降ったのかどうかも判断できないような状態は、この世に生きているとも言えないこの私の身の同類だなあ。

〔参考〕「下冴ゆる氷室の山の遅桜消え残りける雪かとぞ見る」（千載一〇四、仲正）「あはれとも憂しとも言はじかげろふのあるかなきかに消ぬる世なれば」（後撰一一九一、読人しらず）

〔語釈〕**○ふる**　「降る」と「経る」をかける。

74

■■■■■《さればさても》身の思ひ出よいつならんことしもは《の》やくれはつる《くるゝほどなき》

〔現代語訳〕

ああ、それでは全く、この世に生きていたと言えるような我が身の思い出とは、一体いつの事だろうか。（そんな事は何もないままに）今年も早々と暮れて行くのに、何程の日数もない。

〔参考〕「六十路まで身の思出ではかはれども惜しさは同じ年の暮かな」（続後撰一一〇三、信阿）

〔補説〕前歌ともども、作者の深い歎声をありのままに聞くが如くである。

75

ことし猶なにをまつともなく〳〵ぞまたくれがたにはやなりにける

〔現代語訳〕（毎年思う事だが）今年もやはり、何を期待するという事もないままに、失意に泣きながら、又歳の暮に早くもなってしまった。

〔参考〕「世の中を住みよしとしも思はぬに何を待つとて我が身経ぬらん」（拾遺四六二、読人しらず）「夜もすがら水鶏よりけになく〳〵ぞ真木の戸口にたゝきわびつる」（新勅撰一〇一九、道長）

〔語釈〕○**なく〳〵ぞ**　「無く」と「泣く」をかける。

76

世の中をことしのくれになげきつゝいかにせましとあつかひぞする

〔現代語訳〕人生を、（毎年同じ事ながら）今年も暮になったと歎きながら、どうやって年を越そうかと心労することだ。

〔語釈〕○**あつかひ**　持て扱う。処置に窮する。

〔補説〕「いかにせまし」に、『源氏物語』若紫の、紫上を二条院に迎える前段の源氏の思案、「君、いかにせまし、……と思し乱るれど」を連想するのは恣意的に過ぎるであろうか。しかし次詠とも関連して、『弘安源氏論議』に発揮された、具顕の物語細部までの通暁の程を思う時、あながちの牽強付会でもなかろうと考えるが如何。

77　すさまじきためしときけど中〱にしはすの月のかげぞ身にしむ

〔現代語訳〕

殺風景なものの実例に引かれるとは言うけれど、いや、むしろ、十二月の月の光こそしみ〴〵と身にこたえてあわれなものだよ。

〔参考〕「世の人のすさまじき事に言ふなる十二月《しはす》の月夜の……」（源氏物語、総角）「世にはすさまじき物と言ひ古したる師走の月も……」（狭衣物語巻二）

〔補説〕『中務内侍日記』冒頭、弘安三年十二月十五夜の条にも、春宮が為兼・作者等を従えての月見を、「すさまじき物とかや言ひ古すなる、師走の月夜なれど、宮の内はみな白妙に見えわたりて……」と賞美している。源氏・狭衣を愛読する当時の春宮グループ全体の好尚であったと思われる。

78　としのくれ雪のつもるをながめても身におもふことのな［　］ましかば

〔現代語訳〕

年の暮に、雪の積る景色を眺めるにつけても、我が身に深い物思いがなかったならば、この雪をどんなにか心楽しく眺める事ができるだろうに、と思うよ。

〔補説〕前諸詠を受けて、まことに切実な、ただこと歌の述懐である。第五句欠字は「なからましかば」と推定して動くまい。

79
ゆ[　]《(とカ)》しの人の気色はいそげども心のよそに思ひなされて

〔現代語訳〕 歳暮に当って、人の心は迎春準備に忙しげであるけれども、私の心としては全く関係ない事と受け取られて、何の関心も起らない。

〔補説〕 初句は「ゆくとしの」であろう。

80
わが（と）もとのこるもあはれ冬の夜の（かべ）にさむけきまどのともし火

八十

〔現代語訳〕 それだけが、私の友として残っているというのもいじらしいことだよ。冬の夜の寝所の壁に、寒々と映っている窓辺の燈火よ。

〔参考〕「耿々残燈背壁影　蕭々暗雨打窓声」（和漢朗詠集二三三、白）「これのみと伴ふ影も小夜更けて光や薄き窓の燈火」（新勅撰一一八三、道助）「憂きにそふ影よりほかの友もなし暫しな消えそ窓の燈火」（続後撰一一五五、覚観）「消えやらで残る影こそあはれなれ我が世更けそふ窓の燈火」（玉葉二一六八、家隆）

〔補説〕「燈」詠の流行は、承久二年（一二二〇）道助法親王家五十首に「閑中燈」の題で詠まれた右参考詠三首にはじまるかと思われ、のち京極派に継承されて、伏見院・花園院、そして有名な『光厳院御集』一四一～一四六の「燈の連作」を生むに至るが、その最初期の作として注目される。「解説」七参照。

81

うづみ火の、こ《〈残〉》るばかりをともない《〈ひ〉》てひとりさびし（き）冬の□《（にカ）》はかな

【現代語訳】灰に埋めたわずかの炭火の残る、ただそれだけを頼る友として、一人淋しく眺めている、冬の庭よ。

【参考】「埋み火のあたりは春の心地して散り来る雪を花とこそ見れ」（後拾遺四〇二、素意）

【補説】参考歌の和やかさと対比して、詠者の淋しさが身に迫るような詠である。

82

まし葉《〈紫〉》たくをの、すみがまさびしさはけぶりをみてぞ思ひやらる、

【現代語訳】雑木を焼く、小野山の炭窯よ。その暮らしの淋しさは、立ちのぼる心細い煙を見てこそ、つくづくと思いやられるよ。

【参考】「深山木を朝な夕なにこりつめて寒さを恋ふる小野の炭焼」（拾遺一一四四、好忠）

【語釈】**○まし葉**　真柴。雑木。**○をの**　山城の歌枕、小野。京都市左京区上高野から八瀬大原一帯。炭窯・その煙が歌材となる。

83

お《〈を〉》の山や、く《〈焼〉》すみがまのゆふけぶりさゆる雪げのくもにきえつ、

【現代語訳】小野山を眺めると、そこで焼いている炭窯の夕暮の煙が、身も引きしまるような雪もよいの雲の中に消えて行くよ。

【参考】「小野山や焼く炭窯にこりうづむ妻木と共に積る年かな」（続古今六八一、俊成）

84
名をとめしあじろもいまはあとなくてやそうぢがはにさゆる水なみ

〔現代語訳〕 有名な「網代」も今は跡もなく取り払われてしまって、宇治川にはただ身を切るように冷たい川波だけが立っている。

〔参考〕「もののふの八十宇治川の網代木にいさよふ波の行方知らずも」（新古今一八五〇、人麿）

〔語釈〕 **○あじろ** 網代。川を横切って杭を打ち、その間を竹や木を編んだもので仕切って魚を通れなくした上、その一部だけ開けて、そこを通る魚を水面に敷いた簀《す》の上に受けて取る仕掛け。宇治川で氷魚《ひお》（鮎の稚魚）を取る事で有名。**○やそうぢがは** 山城の歌枕、宇治川。京都府宇治市。上流は瀬田川、下流は淀川となる。武士には多くの氏がある所から、「八十」を冠する。

〔補説〕 本百首、ただ一つの時事詠である。弘安七年（一二八四）二月四日、西大寺思円上人の請により、宇治・賀茂等の網代を破却すべき旨の口宣が下され、二十七日、官符を賜わった。これにより網代漁は絶え、のち九年十一月十六日、上人は宇治橋南の孤島に十三重の石塔を立てて供養を行った（続史愚抄）。すなわち本百首詠出の一箇月半前の事である。殺生禁断の仏の教えの実践として、貴ぶべき行為には違いないが、具顕にとり、「名をとめし」とは、何より『源氏物語』宇治十帖のそれであって、その廃絶は心から惜しまれる事であったに違いない。注目に価する一首である。

85
くものうゑ《へ》のさか木みてぐらうたふこゑにさ夜ふけ［　］は月もさえつゝ

〔現代語訳〕 十二月、御神楽《みかぐら》の行われる、貴い雲の上の内侍所では、人長《にんじょう》がうたう採物《とりもの》の歌、榊・幣《みてぐら》をうたう声の中に、夜も更けて行くにつれ、月の光も一層冴えわたることだ。

〔語釈〕 **○くものうゑ** 内裏。ここでは十二月吉日、御神楽の行われる内侍所。**○さか木みてぐら** 神楽歌十曲、いわゆる採物《とりもの》の歌の代表二曲。「榊葉の 香をかぐはしみ 求《と》め来れば 八十氏人ぞ 円居《まとゐ》せりける 円居せりける」「幣《みてぐら》は 我がにはあらず 天《あめ》に坐《ま》す 豊岡姫の 宮の御幣 宮の御幣」。

〔補説〕 忘れがたい宮廷神事奉仕の思い出である。第四句欠字は「さ夜ふけがたは」か。

86

かりくらすかたの、あらし心せよまだやどからぬ冬の夕ぐれ

〔現代語訳〕 一日、狩に暮らした交野の原に吹く嵐よ、配慮してくれよ。まだ宿るべき所も決めていない、冬の夕暮なのだから。

〔参考〕「狩りくらし七夕つ女に宿借らむ天の河原に我は来にけり」（伊勢物語一四七、古今四一八、業平）

〔語釈〕 **○かたの** 河内の歌枕、交野。大阪府・枚方市にかけての淀川沿岸の平野。桓武天皇以来皇室御料の狩場とされた。参考業平詠で有名。**○まだやどからぬ** 業平詠「宿借らむ」をふまえる。

〔補説〕『伊勢物語』八二段の春の桜狩の舞台を冬に切りかえ、現在の自らの状況に重ねる。「冬の夕暮」は9〔補説〕参照。

87

このごろやみよ《三世》のほとけをとなへつゝみなひと、せのつみほろぶらん

〔現代語訳〕 御仏名の行われるこの頃よ。三世の諸仏の御名を唱える事で、誰も皆、一年間に冒した罪障消滅にあずかる事

であろう。

〔語釈〕 **○みよのほとけ**　過去現在未来の諸仏、一万三千仏。

〔補説〕 十二月十九日から三日間、清涼殿で仏名会が行われ、廷臣等も皆参加して三世の諸仏の名号を唱え、六根（眼・耳・鼻・舌・身・意）の罪障を除く。

88

ながめつ、いかにしてかはすくすまはみぞ（れ）ふりつ、あれくらし［　］

〔現代語訳〕

思いに沈みながら、一体どうやって過して行ったらよかろう。霙《みぞれ》が降り続き、終日荒れ模様の天候の中で。

〔補説〕 ほぼこのような歌意であろうかと思われるが、第三句の疑問表記、第五句の欠脱もあり、十分に理解できない。

89

を《〈お〉》ちつきてあはれとみえしにはのおもの《に》この□をかくしふれるゆきかな

〔現代語訳〕

枝からすっかり落ちつくした木の葉が庭を埋め、つくづく淋しいと眺めていた、その庭の表面に、その落葉をさえかくして降り積った雪よ。（更にわびしい風景だなあ）

〔語釈〕 **○をちつきて**　落ち尽きて。

〔補説〕 第四句の欠字は「は（葉）」であろう。嘱目のままの詠。

90　くれはつるとし□《（のカ）》なごりをおもふ《したふ》［　　］［　　］いまの身を思ふにも
□《（九カ）》十

〔現代語訳〕　暮れてしまう一年の名残を、つくづく愛惜することだ。［　　］今の身を思うにつけても。

〔補説〕　第三句欠字は「かな」であろう。第四句の欠字は不明。

91　よしさらばはるだに□《（こカ）》よと（おもふ）かな□《（こカ）》としのくれのうきにつけつゝ

〔現代語訳〕　ああもうそれでは、せめて暖かく快い春だけでも来てくれよと思うことだ。今年の暮のつくづく憂鬱であるにつけても。

〔語釈〕　**○よしさらば**　ままよ、それはそれとして。

92　かくばか□《（りカ）》うき身にそひて□《（くカ）》れにけりとしこそ人をわ□（は）ありけれ

〔現代語訳〕　こんなにも不幸な私の身に、（それを嫌いもせず）寄りそったままで一年を終ったよ。年というものこそ、人間を分け隔てしない、公平なものであったのだなあ。

〔補説〕　第五句は「わかずはありけれ」であろう。状況次第で離合する人間社会と比較した、やや皮肉な詠。

93

みかさ山さすがなれぬ（る）月かげのなごりをゝ《〈お〉》もふと「　」《（しのカ）》（くれかな）

〔現代語訳〕 天皇の御笠となって近々とお守りする、近衛の職について、無力ながらも親しんで来た宮廷生活にも、別れねばならぬかと、その名残を心から惜しむ年の暮であるよ。

〔語釈〕 **○みかさ山** 近衛大・中・少将の異名。「天皇を守護する笠」の意を、大和の歌枕「三笠山」（春日大社後山）の名により表現する。**○月かげ** 親近して来た天皇、また栄職そのものをたとえる。

〔補説〕 現職左近衛権中将を、病により、又死去により、辞せねばならぬかと思う悲傷。

94

いかにしていかにあるべく《いふとも》くれてゆくとし（とり）とむ（る）「　」《（ためしカ）》あらじな　』

〔現代語訳〕 どんなにして、又何と言ったとしても、暮れて行く年を押しとどめる事ができた、という例はないのだからなあ。

〔参考〕 「いかにしていかに此の世に有り経ばかしばしも物を思はざるべき」（新古今一四〇二、和泉式部）

95

いかなれやなにとしもなくくれてゆくとしのをはりのものなげかしき

〔現代語訳〕 どうしてなんだろうかなあ。別に何という事もなく暮れて行く、一年の終りというものが、しみじみ歎かわしく思われるというのは。

〔参考〕 「いかなれや花の匂ひも変らぬを過ぎにし春の恋しかるらむ」（後拾遺八九一、具平親王）「秋はわが心の露

にあらねども物歎かしき頃にもあるかな」（拾遺七七六、読人しらず）

96

うつゝかも夢にぞ［　　］すぎゝ〈来〉つるたゞひとゝせのゆふぐれのそら

〔現代語訳〕
現実だったのだろうか、それとも夢だったのか。過ぎて来た、ただこの一年を回想して眺める、夕暮の空よ。

〔参考〕「ながむれば思ひやるべき方ぞなき春の限りの夕暮の空」（千載一二四、式子内親王）

〔補説〕 第二句欠字を思いえないため、現代語訳も不確実である。示教を待つ。

97

袖のこほりなみだのつらゝとけもせずいづれのさとにはるをまつらん

〔現代語訳〕
泣きぬれた袖の氷、涙の氷ったつららは（春が来るというのに）とけもしない。一体どこの里の人が、楽しい春を待っているというのだろう。

〔参考〕「思ひつつ寝なくに明くる冬の夜の袖の氷はとけずもあるかな」（後撰四八一、読人しらず）

〔語釈〕 **○つらゝ**　前句「こほり」の同意の言いかえ。氷柱の意となるのは室町以後か。

〔補説〕 次詠とともに、年末述懐百首のまとめともいうべき真情詠。

98

こぼれちる雪のむらくもたえ〴〵にあはれさびしきとしのはてかな

〔現代語訳〕
こぼれ散る雪をもたらす雲も、絶え〴〵に心細く空にかかっている。ああ、本当に淋しい年の終りであることよ。

〔参考〕「訪ふ人も梢を見てや帰るらんあはれさびしき花の庭かな」（新千載一五四、丹後）

〔補説〕「たえぐ〵に」以外は、四句すべて先行勅撰集に用例を見ず、〔参考〕にあげた宜秋門院丹後の正治百首詠が後の『新千載』に入るのみ。先行詠に頼らず、真情を眼前の景に託して、静かに結ぶ。次の二首は春宮に対する挨拶詠である。

99

としのうちさきだつ□しのくれの夜に《の》や《ま》とこと葉（を）みるがかしこさ

〔現代語訳〕

一年の間に、閏十二月に先立って年の暮れる、十二月晦日の夜の、春宮の御詠を拝見するのが、まことに尊く勿体ない事でございます。

〔補説〕冒頭〔成立〕に述べた如く、本詠によって百首詠出の年次と動機が確定する。重要な一首である。二句の欠字は「先立つとしの」。「や《ま》と」は『叢刊』「やまと」とするが、写真所見により改めた。

100

身ひとつにあはれとおもふとしのくれもかゝるなさけ（に）うちなぐさまん

〔現代語訳〕

我が身一つに、ああ、淋しい、悲しいと思う年の暮も、このようなやさしい春宮様の御友情によって、慰められることでございましょう。

〔補説〕春宮への深甚な真情、感謝が、率直に表現され、百首全体の寂寥、悲傷の思いを救って、美しく本作をまとめている。

（拝シテ二）［　］□（之カ）十首ヲ一（置ク三）別ニ述懐之一句ヲ二耳ノミ

【現代語訳】（春宮御詠の）十首を拝承して、百首とは別に、真情を述べる僅かな言葉を綴るだけの事でございます。

【補説】 成立についての推測は冒頭に述べた。以上百首ではなお尽くせない、直接春宮に向けての感謝と述懐の真情あふれる私的詠である。

101

あひにあひてあはれをそふる気色かなさえたる月にの《に》はのしらゆき

【現代語訳】 ちょうど折も折とて、一層感銘を深める風情でありますよ。冴え切った月に、庭の白雪が光を添えております。

【参考】「あひにあひて物思ふ頃の我が袖に宿る月さへぬるる顔なる」（古今七五六、伊勢）

【補説】 月明の頃の詠である事を示す本作によって、前百首ともぐ〳〵、「年の暮」を強調してはいるが閏十二月の晦日近くではなく、月半ば頃の一日の詠であろう事が推測される。初句は参考古今詠を強く意識しているであろう。

102

ながらへばこれもわすれぬかたみかなかずそふ冬のけふのことわざ

【現代語訳】（残り少い命とは思いますが）もし生きながらえる事ができたなら、これも忘れられない記念となりましょう。閏月によって数の加わったこの冬の、今日交わしている贈答も。

【参考】「ながらへば思ひ出でにせむ思ひ出でよ君と三笠の山の端の月」（詞花三〇八、琳賢）

【語釈】 **○ことわざ** 事わざ。行為。

【補説】一年前、二年前のこの日、というように、生活の些事でも忘れがたく、当日を迎える毎に思い出し、なつかしむのが、伏見春宮周辺の習性となっていた事は、『中務内侍日記』にも顕著に示されている。

103
この（ごろ）の山のすがたはを《お》しなべて松だにみえずみゆきのこして

【現代語訳】
この頃の山の姿は、どこもかしこも、松さえも見えませんね、深く積った雪だけをその形として残して。

104
はるを□《まカ》（つ）のき《軒端》葉のむ《う》めの□《冬カ》のえだに■心□つかず□《ゆカ》きのかゝれる

【現代語訳】
春を待って咲こうとしている、軒端の梅の冬の枝に、そんな事とは気もつかない様子で、（無神経に）雪がかかっていますよ。

【補説】二首、率直な觸目詠。四句欠字は「心もつかず」であろう。

105
くれぬとていそぐやなにぞゆくとしはたゞ身ひとつのをい《老》にや（はあらぬ）

【現代語訳】
年が暮れてしまうといって、あわただしく年末年始の準備をするのは一体何の事だろう。一年がたつというのは、ただ自分の身一つが老いる、それだけの事じゃありませんか。

【参考】「暮れぬとて何かは急ぐ年を経て人のためなる春と見ながら」（玉葉八九八、知家）

【補説】参考詠は宝治百首の一。

106
さてぞ又めぐりもあはゞおもひ〔　〕《いでカ》よおもひもいでんこの冬のけふ

〔現代語訳〕 こうして又、一年が過ぎてめぐり合ったら、思い出して下さいませ。私もまた（墓の下にいても）思い出しましょう。この冬の今日の事を。

〔補説〕 102に見た如く、毎年の当日毎に過去を回想するのは春宮グループの特性であるが、そのグループから外れて一人あの世でこれを迎えるであろう自らを切実に想像しての約束である。誠実、率直の言葉に胸打たれるものがある。

107
ふるとなくうち〔　〕《よこぎカ》れ（る）〔　　〕かげさへ又（さ）□いでにけり

〔現代語訳〕 降るというようでもなく、さっと横切った（雪のあとから）月の光さえ又くっきりとさして来たよ。

〔参考〕「風ののち霞ひとしきり降り過ぎてまた村雲に月ぞもりくる」（玉葉一〇〇五、為子）

〔補説〕 脱字を強いて補えば、「降るとなく打横切れる雪のあとに月影さへ又冴え出でにけり」のような詠であろうか。〔参考〕為子詠は詠歌時期不明。

108
□くそとやこれ〔　　〕□《冬カ》のひのさむさわする、やまとことの葉

〔現代語訳〕
（上句不明）冬の日の寒さも忘れて唱和する、この和歌よ。

〔補説〕 十分な解釈はできないが、春宮詠に感銘して、寒さも忘れ詠歌したであろう作者の心情をしのばせて切実

である。第二句は「これを思はん」か。

109　ひぐらしのかゝることの葉［　　］身を□《なカ》ぐさむるとしのくれかな

〔現代語訳〕　一日中、このように歌の言葉を工夫する事で、我が身を慰めている年の暮であることよ。

〔補説〕　これも欠字を考え得ないが、前歌と同様、作者の素直な心情告白。

110　やすからで百よみたる［　］とをばたゞよみしねの心□「　　」《なるべしカ》　』

〔現代語訳〕

全くいいかげんではない気持ちで、百首を詠んだ、その私の真心を、ただお認め下さい、という心で、春宮様にこの作品を捧げるつもりでございましょう。（どうかそのように思召して下さいませ）

〔語釈〕　**○百**　ももち（百箇）と読むべきであろう。前掲百首をさす。**○［　］と**　「まこと」であろう。**○よみしね**　「嘉みしね」すなわち「良いとお認め下さい」の意。

〔補説〕　百首を詠んだ誠意を、ここに総括した形。作者の真心のほとばしった結びである。百首に加え、この十首の存在する事で、詠出の時期・動機・心情が一層鮮明になり、数々の欠字はありながら、胸打たれる独特の作品となり得ている。

京極為兼立春百首

詠早立春百首和歌（六三）

左近衛権中将藤原為兼

【作者】為兼は歌道御子左家庶流京極為教男、建長六～元弘二年（一二五四～一三三二）79。正二位大納言、正和二年（一三一三）出家60。京極派和歌創始者、『玉葉集』撰者。伏見院に重用せられたが、政争にからみ、永仁六～乾元二年（一二九八～一三〇三）45～50佐渡、正和五年（一三一六）63土佐に配流、以後帰京叶わず没。『為兼卿和歌抄』『為兼卿記』あり。本百首ならびに次の歳暮百首は33歳の詠。なお「解説」二一・五参照。

【成立】全五紙。十首毎に行間に歌教を表記する。詠出年次は、巻頭歌はじめ年内立春が多く主題となっている事から、これに概当する弘安九・十年にしぼられるが、十年十月二十一日に春宮熙仁の践祚は実現しているのに、「この春は春の宮人思ふことも花と共に開けんとする」(100)と、明らかな践祚予祝で終っている所から、十年末ではありえず、弘安九年（一二八六）閏十二月十五日の年内立春における詠、33歳の作と決定される。歳暮百首に四日先立つ作である。『図書寮叢刊』では歳暮・立春の順に排列するが、本書では詠出日順に、本百首を先に排列した。詠出所要時間は、99番詠に「一時」と言っているから約二時間。一首につき一分そこそこで、口から出まかせの、全く野放図な作であるが、そこにまた本作の意義が存する。

【意義】本百首は、当時為兼の関心の中心であった、法相宗「唯識説《ゆいしき》」の教旨、「唯識無境」――「外的事物（境）は存在しない、唯だ心（識）がこれを思いえがく所に存在するのである」という教えを、和歌をもって実験、その真理なるを確認した、記念すべき作品である。詳細は「解説」五、および『京極派歌人の研究』70頁以下、『京極派和歌の研究』17頁以下を参照されたいが、本作は具顕百首とは異なり、眼前の風光に触発されての叙景・抒情ではない。「立春」という命題に対し、現実触目の立春風景ではなく、心に浮べ得る限りの立春の情景を、一々に想定し、想定のままに描写したもの。従って、時間的序列を無視して、霞が立つと言い、立たぬと言い、鶯が鳴くと言い、鳴かぬと言い、また、

春ははや立ちぬと思へども何事の変るともなき空にもあるかな　(65)

心よりうけ思へばぞ春といひて変らぬ空も変るとぞ見る　(67)

と様々の矛盾を肯定しつつ、内なる「心」の働きを直視、そこに浮ぶ「立春」の情景を一々ありのままに詠出して行き、その結果、一時、すなわち僅か二時間の間に百回の立春を現実に体験する、という、予想外の実感を味わってしまったのである。

筆のうちに多くの春を立ててみれば書きつくるまゝに面影になる　(91)

百返り春のはじめを迎へ見るもたゞ一時の心なりけり　(99)

ここに、「言葉にて心を詠まむとする」のでなく、「心（＝識）に詞をまかする」事によって、「心のまゝに詞のにほひゆく」真の歌が詠めるのだ、という『為兼卿和歌抄』の主張が、実験により確立されたのである。四日後に詠出した歳暮百首にも、彼は同様の実験を繰返している。『為兼卿和歌抄』の成立が、文中に存する「実任侍従」の称呼から、ほぼ弘安九年と推定されている事とも関連して、非常に意義深い、記念すべき作品である。

なお、字余り歌の多さは京極派の一特色であるが、本百首中、字余り歌は四五首、うち二句字余り六首、三句字余り三首を数える。

1

ことし猶のこると思《ふ》にいつのまにけさより春と霞立《つ》らん

〔現代語訳〕 今年の日数はまだ残っていると思うのに、いつの間に、さあ、今朝から春だよと言うように、霞が立つのだろう。

〔補説〕 本百首以下、為兼詠はほとんど参考歌の指摘や語釈を要しない、独自の表現を駆使した「ただこと歌」である。早く23歳の建治二年（一二七六）九月十三夜内裏五首歌に、「澄みのぼる月のあたりは空晴れて山の端遠く残る浮雲」（新後撰三四五）のような美しい歌を詠み、25歳にして弘安百首作者ともなった、歌道師範家の一員でもある為兼にして、このような拙劣で歌にもなっていないと思われるような歌を詠み続けるという事は、よほどの信念と決意のあっての事でなければなるまい。次の歳暮百首・花三十首も同様である。注釈にも及ばないような歌が多いが、拙劣と切り捨てずに味読していただきたい。

2

けさもいまだかすみはあへぬに思《ひ》なしの春の色みるよもの山の葉《端》

〔現代語訳〕 今朝もまだ、うまく霞むこともできていないのに、自分の心の思いなしによって春の色になったなあと見る、四方の山の端の姿よ。

〔補説〕 早くもここに、「思ひなしの春の色」、すなわち心の働きによって実在しない物でもそれを見得るという、唯識的な発想が示されている。初・二・三句とも字余り。この手法の頻用、効果については、『京極派歌人の研究』88頁以下を参照されたい。

3 鶯もいまだなかぬにけふよりははるぞと思へどかはる事なし

〔現代語訳〕

鶯もまだ咲かないのに、さあ、今日からは春だ、と思うけれど、別に冬と変った事はないなあ。

4 日かげさへけふはのどかに見ゆる哉これや春なるしるしなるらん

〔現代語訳〕

（いや、そう言うけれど）日の光さえ、今日はのんびりと見えるじゃないか。これが「春だ」という証拠なんだろうよ。

5 しらゆきの猶ふるとしと思へども日かずは春になりにけるかな

〔現代語訳〕

（立春とは言っても）白雪のなおも降る、古い年じゃないかと思うけれど、暦の日数は春になったのだなあ。

〔補説〕「降る」と「旧年《ふる》」をかけている所に、旧来の技巧が残っている。

6 あさまだきはやものどかになりぬるは年のうちにも春やきぬらし

〔現代語訳〕

朝早く起きてみると、早くものびのびとした気分になるというのは、旧年のうちにも春がやって来た、という証拠なんだろうな。

7 けさのまの山のけしきのかはれるはかすみの立《ち》てみするにやあらん

〔現代語訳〕
今朝のほんの僅かの時間にも、山の様子が変ったな、と思えるのは、霞が立ってそのように見せるのだろうか。

8 あさ風もを《お》ともやはらぎてきこゆるは春くるけふのしるしとや思ふ

〔現代語訳〕
朝風も、音がやわらかくおだやかになったように聞えるのは、春が来るという今日の証明だと思っていいのかしら。

9 あけわたるとやまのみねのよこ雲のたえまよりしてかすみそめぬ（る）

〔現代語訳〕
見る見る明けて来る、里近い山の頂上にたなびく横雲の、わずかに切れたあたりから霞みはじめたよ。

10 うちみるはきのふの冬にかはらぬをなどかけふより春といふらん

十

〔現代語訳〕
（いや、そうかしら）見たところでは、あたりはまるで昨日までの冬景色と変らないのに、一体なぜ今日から春だなんて言うんだろう。

11 こほりゐし池のみぎはもけふよりははやとけぬらしなみたちよりぬ

〔現代語訳〕

ほら、氷っていた池の岸辺の水も、今日、立春からは、早くもとけて来たようだ。波が立ち寄せて来たよ。

12 いつのまに春をしるらんあさぼらけあけわたるみねも霞たなびく

〔現代語訳〕

いつの間に春だと承知したのだろう。朝早く、一面に明るくなって来る峰々にも霞がたなびいているよ。

13 おもひいで、春ぞとけふはたのめどもうちみるけしきたゞ冬のごと

〔現代語訳〕

（そうは言うがね）あ、立春だと思い出して、もう春だと今日は心強く思うのだけれど、こうして見る景色は全く冬のようだよ。

14 わすれては冬ぞと思へどさすが猶そらのけしきの春めきにけり

〔現代語訳〕

いや、たしかに、立春を忘れてつい冬だと思ってしまうが、さすがにやっぱり、空の様子は春らしくなって来たじゃないか。

【補説】この前後、季節と暦の矛盾をめぐっての、自問自答の趣。

15 鶯はいまだなかねどたに《谷》風も氷をいまやふきとくらしも

【現代語訳】（谷にこもっているという）鶯はまだ鳴かないけれど、谷を吹く風だって、ほら、谷川の氷を今しもとかして、流れ出させているようじゃないか。

16 ふるすよりはつね《初音》なくともうぐひすもいまだ冬なる心ちもやする

【現代語訳】古巣から、春の初音として鳴きはじめるとしても、鶯だって、まだ冬じゃないかという気がしているんじゃないかしら。

17 なきそむるこゑ物よは《わ》き鶯もいか[redacted]《でか》いまをはるとわくらん

【現代語訳】鳴きはじめる声もまだ弱々しい鶯も、どうして今を春だと分別するのだろう。（かわいいじゃないかね）

18 雲の色は雪げながらに春たちて冬のけしきのおもがはりぬる

【現代語訳】

雲の色は、雪の徴候を含みながら、それでも春はやって来て、冬であったあたりの様子が変って来たことだ。

〔語釈〕 **○おもがはり** 顔つきが変ること。

19 日かずをばわすれてや春のたちぬらんよのつねは猶冬とおもふを

〔現代語訳〕 日数の勘定を忘れて、さっさと春がやって来たのだろうか。世間一般はまだ冬と思っているのに。

〔補説〕 「年内立春」を「そそっかしくやって来た春」に見立てる。楽しい歌。

20 はるのしるしなにとかはみんゆきちりて霞もたゝず鶯もなかず

□(二カ)十

〔現代語訳〕 春の証拠を、何がそれであると見る事ができようか。まだ雪が散っていて、霞も立たず、鶯も鳴かないのに。

〔補説〕 すでに霞立ち、鶯も鳴いたと詠んでいるのに、前後矛盾するようであるが、為兼はすべて実景を詠んでいるのではない。自己の観念の中にある「年内立春」を、イメージの湧くままに歌の形にしているのである。それにより、百の異なった「年内立春」を創出する。その真意は、91に見られたい。

21 夜のほどに春はきぬらしあけわたるとやまの峯のかすみそめぬる

〔現代語訳〕 夜の間に、春は来たらしいよ。ほのぼのと明けて来る、近い山の峰が霞みはじめている。

22　よこ雲はいつもの山のおもかげもひとに《（ママ）》ほそひぬ春たつらしも

〔現代語訳〕 横雲はいつもたなびいているのだけれど、その山の様子も、ちょっと何か違うものが加わっている。春が来たらしいよ。

〔参考〕「昔よりいく情をかうつし見るいつもの空にいつもなる月」（永仁五年八月歌合三九、永福門院）「物思ふいつもの空の雲風も秋なる暮の色を添ふなり」（伏見院御集四四八）

〔補説〕 このような「いつもの」の用い方は〔参考〕に示したように京極派独特で、永福門院詠では「いつもの空にいつも《（ママ）》すむ月、心をかしくも言葉めづらしく」と判詞（判者不明、あるいは当時失脚蟄居中の為兼か）と賞せられている。なお為兼歳暮百首45にも「いつもの空」がある。「ひとにほ」は「ひとしほ」の誤りかとも思えるが、明らかに字母「爾」である。如何。

23　そらのけしき冬なりながらさすが猶思《ひ》なしにやけさは春なる

〔現代語訳〕 空の様子は冬でありながら、さすがにやはり、立春だと思う心のせいでだろうか、今朝の雰囲気は春であるよ。

〔語釈〕 **○冬なりながら**「冬にありながら」の約。

24　いとはやもかすみそむるかこのねぬるよのまばかりの冬のへだてに

〔現代語訳〕 まあ、そんなに早くも霞みはじめるというのか。ほんの一晩寝た、その夜の間だけの、冬と春との境界線のせいで。

【参考】「秋立ちて幾日もあらねどこの寝ぬる朝明の風は袂涼しも」（拾遺一四一、安貴王）

【補説】「この寝ぬる」がふと出る所、やはり歌道家の人、と微笑ましい。

25 けさは（こ）とにそらの色［　　　　］　　　　』

【補説】以下欠で解し難い。

26 ［　　　　］人（ごと）に春ぞといへどもそらのけしきゆきふるほどの冬にかはらぬ

【現代語訳】（不明）に春だと言うけれど、空の様子は、雪の降る頃の冬と変らないよ。

27 を《お》しなべて世のけしきとるあさ霞けさより春とそらにしりけり

【現代語訳】何につけても世間の様子に従う朝霞よ。今朝から春だと暗に承知して（ちゃんと空にたなびいて）いるよ。

【語釈】**○けしきとる**　事情を察する。**○そらに**　「暗に」と「空に」をかける。

【補説】「朝霞」を人間のように扱った諧謔。

28 いとはやも霞わたれりよもやまのそらをわかずや春はたつらん

〔現代語訳〕
まあ本当に早くも霞みわたったことだ。四方八方の山、どこといって空を分け隔てせず、春はやって来たようだ。

29 鶯はたにのふるすをいでずともかすみや《むより》こそはるはしらるれ

〔現代語訳〕
鶯が谷の古巣を出て春を知らせるのだと言うけれど、そうでなくとも、空が霞むという、それからして先ず、春が来たと知られるよ。

30 こほりこそとけそめぬらし氷《（ママ）》のおもの春と丶も《〈共〉》にも波たちにけり

□《（三カ）》十

〔現代語訳〕
ああ、もう氷がとけはじめたらしいよ。水面が、春の立つと同時に波立って来たもの。

〔補説〕
「氷」は「水」の誤記。「春立つ」と「波立つ」とを重ねた趣向。

31 を《〈お〉》しなべてこほりはてにし池水もたえまみえゆくけさよりのはる

〔現代語訳〕

すべて一面に、氷りつめていた池水にも、その氷の絶え間が見えるようになって行く、今朝からの春の様子よ。

32 あさひかげにほふけしきのかはれるはあけわたるそらに春立つらしも

〔現代語訳〕 朝日の光のほのぼのと立ち初める様子が、昨日と違うのは、一面に明けて行く空に春がやって来た、という事らしいよ。

〔補説〕「にほふ」については、弘安八年四月歌合2〔補説〕参照。

33 あさなぎになく鶯のこゑまでもいつしか春としるにやあるらん

〔現代語訳〕 静かな朝に、鳴く鶯の声までも、もう早速春だと知っているのだろうか。

〔語釈〕 **○あさなぎ** 朝凪。風がおさまったおだやかな朝。**○いつしか** 早くも。

34 山の葉〈端〉のをちこちみえずかすめるも春たつけふのしるしとやなれ（る）

〔現代語訳〕 山の端が、あちらもこちらも見えない程に霞んでいるのも、立春が今日である、という事の証拠になっているというのだろうか。

35 かすみこそ春の心になりにけれたつと思へばなべてにたちて

〔現代語訳〕
　霞こそは、春そのものの象徴となったことだ。春が立ったと思うと、すべての所に霞が立つのだから。

〔参考〕「世の中に絶えて桜のなかりせば春の心はのどけからまし」（伊勢物語一四五、古今五三、業平）「山桜白雲にのみまがへばや春の心の空になるらん」（後拾遺一一二、源縁）

〔補説〕「春立つ」と「霞立つ」を重ねた面白味をねらった作。「春の心」は珍しからぬ歌言葉だが、本詠の用法は〔参考〕とやや異なると思うが如何。

36 春の心いたらぬさとはあらじなれど鶯のこゑはまづ山ざとに

〔現代語訳〕
　「春」という心が行き渡らない場所はあるまいと思われるけれど、鶯の声は先ず山里に聞えるよ。

〔参考〕「又の今宵このまゝにしもあらじなれど今のあはれになほ色ぞそふ」（伏見院御集一五〇六）

〔補説〕「あらじなれど」の口語的字余りはいかにも京極派好みである。

37 ほの〴〵とかすみそめぬる山ぎはのあけはなるゝやはるのくるほど

〔現代語訳〕
　ほんのりと霞みはじめた山の稜線が、明るんでくっきりと見えて来るあたりが、ちょうど春の来る時間かな。

38 としごとにひと夜のほどにむかへとりて又あらたまる春といふらん

〔現代語訳〕
毎年々々、たった一晩の間に待ち受け、迎えて、又新しい春が来た、と言うらしいよ。

39 きのふまでゆきげのそらにみし雲のけさはかすみにたちかはりぬる

〔現代語訳〕
昨日まで、雪もよいの空だと見ていた雲が、今朝は霞の立つのに変ってしまったよ。

〔語釈〕 **○ゆきげ** 雪の気配。 **○たちかはり** 霞の「立ち」と強調の「たち」をかける。

40 風のを《お》とは昨日にかはることもなきを春てふからにのどけくやおもふ

（四カ）□十

〔現代語訳〕
風の音は昨日と別に変った事もないのに、春という、その気持のせいでのどかだと思うのだろうか。

41 よしさらば春とを《お》しなべてながめなさんきのふの冬のけさのしらゆき

〔現代語訳〕
まあいいや、それでは、これも春の一つの景色だと当り前のように考えようよ。昨日の冬と同じ、今朝の白雪だが。

〔補説〕 二・三句の字余り、「昨日」と「今朝」を対比させた下句の言いまわしなど、揺籃期京極派の特色を体現した作。

42
ふるゆきも山もやかはるかはらじを心よりこそ春はたちけれ

〔現代語訳〕
降る雪も、その積っている山も、冬と変った所があるだろうか。いや、ちっとも変らないのに、それを眺める自分の心から、春ははじまるのだよ。

〔補説〕32〜39の春景色から一転、41〜42の雪景となり、それでも心の働きによって春と認識する。まさに唯識思想の体現である。

43
日かずをば冬にのこしてあさがすみ春てふ名こそさきだちにけれ

〔現代語訳〕
閏十二月の日数だけを冬として残して、立春の今日の朝霞を見れば、「春」という名前こそが、実質に先立ってやって来たのだよ。

44
けふよりははるとはしりぬしかりとて昨日にかはることはしもなし

〔現代語訳〕
今日からは春だって事ぐらい知っているさ。だけどね、昨日と変った事なんて何もないじゃないか。

〔補説〕「しも」は強調。「霜」との懸詞ではない。

45
たゞにしてながめつゝお《〈を〉》ればけさの春名に□《（こカ）》そかはれ雪うちふりて

〔現代語訳〕
（そうだよ〳〵）ただこうやって眺めていれば、今朝からの春だって言われても、名前が変っただけで、雪が降っていてさ。

46　を《お》しなべて春はきぬらしよも山の霞こもれるけしきなる哉

〔現代語訳〕
いや、世間一般に春は来たらしいよ。四方の山すべて、霞の中にすっかりこもっているような様子だものなあ。

47　さても猶はるはいづくのしるしぞとけさふるゆきにとはんとぞおもふ

〔現代語訳〕
いや、そうは言うけど、春が来たという証拠は一体どこにあるんだと、今朝もまた降る雪に聞いてみたいものだと思うよ。

〔補説〕
43からここまで、春か、春でないかと、さながら自問自答しているような趣。

48　鶯のなくこゑばかり春めきてかすみもやらぬそらにも有《る》哉

〔現代語訳〕
鶯の鳴く声だけが春らしく聞えて、霞みたいけれど霞むこともできないような空の工合だなあ。

49

けふこそ春ぞといへども山の葉〈端〉のか《す》みやらぬは猶冬やのこる

【現代語訳】

今日こそは春になったのだ、と言うけれど、山の端の霞みたくても霞めないような風情は、まだ冬が残っている、ということなのだろうか。

【補説】　第一句字足らずは「は」の脱字か、意図的なものとしては京極派にもあまり例がないと思われるが如何。末句の散文的な字余りは同派の特徴である。

50

いつのまに山のかすみもたちぬ覧〈らん〉あけゆくに《てのちこそ》はるにもなるに

□(五カ)十　』

【現代語訳】

一体何時の間に、山の霞は立ったというのだろう。夜が明けて後にこそ、春になるのだというのに。

51

山ふかみみゆきはいまだきえなくに春はいづくのみちよりかくる

【現代語訳】

こんなに山深い所だから、積った雪はまだ消えてはいないのに、春は一体どこの道からやって来たのだろう。

52

雪ふりて冬ごもるそらと思ふま□(にカ)かすみそむるはは るやたつらん

【現代語訳】

雪が降って、冬そのものの空と思っているうちに、いつかほんのりと霞みはじめたのは、春が来たという事だろうか。

53
うぐひすにわれまづとはんいかにして人よりさきに春をしるらん

〔現代語訳〕
鶯に、私は何よりも先に聞いてみたいよ。どうやって、人よりも先に春が来たとわかるのかと。

54
さしいづるあさ日のかげものどかなる千とせのはるのはじめをぞみる

〔現代語訳〕
静かに昇って来る、朝日の光ののどかなのを見るにつけても、そのようにおだやかな、千年も続く春の始めを見ることであるよ。

〔補説〕
一転して次詠と二首、春宮踐祚を期待する予祝詠。

55
たかてらすかげものどかにさしのぼり光あまねきはるをしぞみる

〔現代語訳〕
世を高々と照らす、その姿ものどかに中天に昇り、日光が世に遍満する、めでたい春を見ることだ。

56

ことしいまだ冬といはんめに［　］《みえぬ》春はきぬる《れ》ど日かずのこれ□（るカ）

〔現代語訳〕 やっぱり、今年はまだ冬だと言おうよ。目に見えない春は来たというけれど、まだ十二月の日数は残っているのだもの。

〔補説〕 第二句字足らずは「冬とやいはん」の脱字か。

57

なに□《と》なくなごりおしくてくれ（の）《し》としのほどなく春にあらたまりぬる

〔現代語訳〕 何という事なく、名残惜しく思いながら暮れた年だが、もうすぐに春に改まってしまったよ。

58

よしやたゞ物もおもはじ君が千とせあらはれまさんはるしきぬれば

〔現代語訳〕 （いろ〳〵な事はあったが）いいよ、ただこれからは物思いなんかすまい。我が君の千年の御栄えが、形となって実現するはずの春が来たのだから。

〔補説〕 これも春宮予祝。

59

あらたまる春ぞとば□《か》り思へども心の心《中》はかはる事なき

〔現代語訳〕

すべての物が新しくなる春だと、そうは強いて思ってみるのだけれど、心の中は別に変る事もない。

60 人もみなかくやは思ふけさよりの春ときけどもきくばかりなる

□（六カ）十

〔現代語訳〕人もみんな、こう思うんだろうかな、そうでもないのかな。私にとっては、今朝からは春だと聞いても聞くばかりで、何の変化もないんだけれど。

〔補説〕二首、改めての心理分析。

61 もろ人もはやいはふなりよろづ代の春のはじめをとしにむかへて

〔現代語訳〕すべての人皆、早くも祝うことだ。万年も続く春の始めを、新たな年として迎えて。

62 こゝのへにはる《けふ》をむかふるし《るし》にもまづくみてしる春のわか水

〔現代語訳〕春宮様がめでたく践祚され、内裏で今日の元日を迎えられる前兆であるという事も、新春の若水を汲み上げる時に先ずそれと知り得ることよ。

〔語釈〕**○くみて** 若水を「汲む」と「推量する」意をかける。

〔補説〕「るし」は『叢刊』本行とするが、写真所見により改めた。

63

庭のおもに袖をつらぬるもろ人のきみを《のおきふしきみを》あふぐはるかな

〔現代語訳〕

元日小朝拝に、清涼殿東庭に袖と袖を触れ合せて並ぶ廷臣等の、立ったり膝まづいたりして我が君を拝する、めでたい春であることよ。

〔参考〕「庭もせにひきつらなれるもろ人のたちゐる今日や千代の初春」（玉葉一、俊頼）

〔補説〕 為兼は参考詠を、その撰んだ『玉葉集』巻頭第二に挙げている。この当時から心に深く刻んだ名歌と思われる。

64

心のみいそがはしきをいかにしてのどけきはるのたちきぬらしも

〔現代語訳〕

（一方では年の暮として）心ばかり何とはなしに忙がしいのに、一体どうしてだろうか、のどかな春がやって来たらしいよ。

65

春はゝ《〈早〉》やたちぬと思へどもなに事のかはるともなきそらにも有《〈る〉》かな

〔現代語訳〕

春は早くももうやって来たのだと思うけれども、だからといって何事も変るという様子でもない空の有様だなあ。

66

はるやいづく《まこと》冬やいつよりすぎぬとも思ひわかれぬ昨日今日かな

〔現代語訳〕 春っていうけど本当かしら、じゃ、冬はいつから過ぎ去ってしまったのかと、何とも分別のつかない昨日今日だなあ。

67 心よりうけ思へばぞはるといひてかはらぬそらもかはるとはみる

〔現代語訳〕 自分の心の働きで、納得してそう思うからこそ、春だと言って、別に冬と変らない空も様子が変ったと見るのだよ。

〔補説〕 61～63の春宮予祝、64～66の年内立春への疑問を経て、唯識思想をもって納得に達した趣。

68 人ごとにいそぐ心に年くれてむかふる春も又のどかなり

〔現代語訳〕 人それ〴〵に、ああ忙しい、あれもこれも……と思う心のせいで、あわただしく年は暮れて、迎える春もまた、人々の、いいお正月だと思う心ゆえにのどかになるのだよ。

69 いまはたゞうぐひすもなき花もさきねはるになりぬと《春たちきぬと》おもふしるしに

〔現代語訳〕 （年内なのにこれでも立春だと言うなら）今はただもう、鶯も鳴き、花も咲いてくれよ。春がやって来たと思う事の証明として。

70
われぞまづ夜をこめてきく鶯もいつしり《（ママ）》てやこのやどになく
□《（七カ）》十

〔現代語訳〕 私こそは先ず、夜中のうちから聞くよ。鶯の方も、一体いつだと思って（こんなに早く春と知らせて）この家で鳴くのだろう。（嬉しいじゃないか）

〔補説〕 第四句は「いつとしりてや」の欠字。

71
思《〈ひ〉》とけばいつしかかはる春もなし日かずばかりぞすぐるなりけり

〔現代語訳〕 割り切って考えれば、せっかちに冬に代る春、というものもない。（四季というのは）ただ日数だけが過ぎて行くのだよ。（それを人間が勝手に、冬だとか春だとか考えるのだ）

〔語釈〕 **○いつしか**　早速。

〔補説〕 「人の心の認識によって外的事物が生ずる」という唯識理論の逆説的確認。

72
色かへぬ《ときはなる》みどりの松もいまはま□《た》色そへん春とうれしくや思ふ

〔現代語訳〕 永久不変である緑の松も、今は更に（春宮踐祚という慶事によって）一入色を深くする春であると、嬉しく思っているだろうか。

〔補説〕 初句は「色」重複に気づいての改訂。

73 山の色は花田にみえてあさ日かげうすのどかなり春きぬら［　］《（しもカ）》』

〔現代語訳〕山の色は薄藍色に見えて、そこにさす朝日の光もほんのりとのどかな感じがする。春が来たらしいな。

〔語釈〕〇花田　縹《はなだ》。薄い藍色。

〔補説〕「うすのどか」は伝統歌道家の顰蹙を買うに違いない奇矯な造語。

74 としごとに春をむかへていはへどもいはふ心のいつ（か）ひらけん

〔現代語訳〕毎年々々、春を迎えて将来を祝福するけれども、その祝う心はいつになったら満足されるのだろうか。（早くその時が来ればいいが）

75 枝にこもる花もうれしと思《〈ふ〉》らんひらけんとき□の［　］《（はるカ）》をむかへて

〔現代語訳〕枝の中にこもっている花も、嬉しいと思っているだろう。いよ〳〵咲くはずの時である、春を迎えて。

〔補説〕以上二首、春宮予祝の変形。

76 あはれにもまづなきにける鶯や《よ》をのが時□《（とカ）》や春をばおもふ

〔現代語訳〕

かわいらしくも、早速鳴いた鶯よ。自分の時が来たと、春をそのように思うのだろうか。

77　冬のほどはむすぼゝれつゝありし水のはるくればまづうちとけにける

〔現代語訳〕冬の間は氷ったままであった水が、春が来るともうすぐ、やわらかくとけて来たよ。

78　さても〳〵かくしつゝすぐる年のくれ春（のは）じめを《よ》いくかへりみつ

〔現代語訳〕それにしてもまあ、（別によい事もなく）こんな工合に暮らしながら過ぎる年の暮、春の始めよ。何回それを経験したことだろうか。

79　あはれにも名に《〈は〉》なれぬる春なるを《れば》むかふるたびにしる心ちする

〔現代語訳〕（それはそうだけれど）いとおしい事には、名前だけはおなじみの春なのだから、迎える度に知人に逢ったような心持がするよ。

80　かすみわたりそこはかとなくなりのどかなるけしきは春のくるにぞ有《〈り〉》ける

□《（八カ）》十

〔現代語訳〕

あたり一面に霞み、何という事もなくのんびりした様子は、これがつまり、春が来るという事だったのだなあ。

81 あさとあけてながむる山のけしきよりはるをば人のしるし《にぞ》ありける

〔現代語訳〕

朝、先ず戸を開けて眺める山の様子によって、ああ、春だ、という事を、人は知るのであったなあ。

82 心よりはるとはわけど風あらみゆきふりくらすそらさは《〈わ〉》がしも

〔現代語訳〕

自分の心によって、今は春だ、と理解はするのだけれど、風が荒々しく、雪が一日降り続く空の様子は、依然として騒がしいなあ。

83 い《け》ま《さ》は《し》み《は》な《や》春の心になりかへり鶯もなきかすみもたちぬ

〔現代語訳〕

（いや、そうはいうものの）今朝は早くも、すっかり春の気分になり切って、鶯も鳴けば霞も立ったよ。

84 またれつる春ぞと思ふもうれしくてまたれし花ぞさらに恋しき

〔現代語訳〕

待ちに待っていた春になったよ、と思うだけでとても嬉しくて、そうなると、同じように待っていた花の咲く時が、ますます恋しい。

85 なべてみなはるをば人のむかふとももてなす事もこれまではあらじ

〔現代語訳〕 一般に皆、春を人は喜んで迎えるものだといっても、こんなに心からもてはやす事は、今の私ほどではないだろう。

〔補説〕 「これまでは」は「従来は」ではなく、「現在の自分の心情ほどでは」の意。これも春宮予祝の意をこめる。

86 はるはきぬはやうぐひすもなかなゝんむ《〈う〉》めのにほひも心もとな（く）

〔現代語訳〕 春は来たよ。さあ早く、鶯も鳴いておくれ。梅の匂いも待ち遠しいことだし。

〔語釈〕 **○なかなゝん** 「な」は勧誘、「なん」は希望、誂えの助動詞。

〔補説〕 「心もとなく」と終る結句は珍しいが、待ちかねる感じは出ている。

87 鶯にわれやはるをもつげましと思ひもあへずなきいづるこゑ

〔現代語訳〕 （なかなか鳴かないなあ、）鶯に、いっそ私が春だよと催促しようかしら、と、思うか思わないのに、ちゃんと鳴き出す声がしたよ。

88

水の心冬さりぬとや雪とちりあられとふるもけふはとまれる

〔現代語訳〕

「水」というものの心からも、冬は移り去って行ったのだろうか。雪として散り、霰となって降る、その変容も、今日は止まっている。

〔参考〕「吉野川水の心は早くとも滝の音には立てじとぞ思ふ」（古今六五一、読人しらず）「こゝに来ぬ人も見よとて桜花水の心にまかせてぞやる」（後拾遺一四五、嘉言）

〔補説〕参考詠は水の動態を「心」と言い、また恋心になぞらえてもいるが、本詠では雪・霰を、水が心あって自ら行う変容ととらえている点が独自である。

89

たゞ一夜あけぬるほどにいかにしてこぞとことしと「　」《（きくカ）》（も）はるけき

〔現代語訳〕

たった一晩が明けただけの、その間に、どうして去年と今年という区別ができてしまったんだろう。そう聞くと、いかにも遥かに離れたもののように思えるがなあ。

90

いづくよりゆくともみえぬとしくれて山のかすみの春とだに「　」《（みカ）》

九十　』

〔現代語訳〕

どこから立去って行くとも見えないままに年は暮れて行って、山の霞の立ったのを春とでも見よ、と言うのだろうか。

〔補説〕　末句欠字は「春とだにみん」か。やや不安定な措辞で、自信はないが仮に解してみた。如何。

91

ふでのうちにおほくのはるをたてゝみればかきつくるまゝにおもかげになる

〔現代語訳〕
筆を取って、いろんな立春の情景を想像して書いてみると、書きつけるにつれて、それが一つ〳〵現実の風景になって見えて来るよ。

〔補説〕　本百首、ついで歳暮百首の成立契機を語る重要な歌。唯識説の教えに従い、心中の「識」の中に浮ぶ、様々の年内立春の「境」（風景・心情）を、浮ぶに従って歌にして（「立てて」）行った実験の成果として、為兼は百の年内立春を体験したと実感したのである。なお99参照。

92

はるはげにたゞけふよりと思へどもありなれにけるよのけしきかな

〔現代語訳〕
春はただ、今日からはじまったばかり、と思うのに、いかにも馴れ〳〵しく春の顔になっている、あたり全体の様子だなあ。

93

ときうつるならひはそらにしりければ春くれば又かすむなるべし

〔現代語訳〕
時が移り変るのは世のならいだと、空だって言わなくても知っているから、春が来れば又ちゃんと心得て霞むのだろうよ。

〔語釈〕　**○そらに**　「空が」と「暗黙のうちに」の意をかける。

94

雪よりはかすみぞふかき山の葉《〈端〉》□《の》みどりになれるけさよりの春

〔現代語訳〕

（今までは雪の深い山と思っていたけれど、今見れば）雪よりは霞の方が深く立ちこめているよ。山の端が（雪の白さに代って）緑になっている、今朝からの春の姿よ。

95

あさまだきけさよりはると思《（な）へに》ともかすみもたちぬうぐひすもなく

〔現代語訳〕

朝早く、さあ、今朝から春だ、と思うにつれて、霞も立ったし、鶯も鳴くよ。

〔補説〕　第三句は「思へども」を「思ふなへに」に訂正した形。

96

こほりより鶯や猶春はしるうちとけそめてなきぬと思へば

〔現代語訳〕

氷より、鶯の方がちゃんと春の来たのを知っているのだろうか。（氷の融けるのより先に）心も打解けはじめて鳴き出したのを思うと。

〔補説〕　「とけ」の両義を生かした諧謔。

97

かすみこそ春のしるべとなりにけり〈れ〉山にたなびき人にみゆれば

〔現代語訳〕

霞こそは、春の先導役となったのだなあ。（いちはやく）山にたなびいて、人にそれと見せるようにするから。

〔語釈〕 **○みゆれば** 「見ゆ」は「他から見られる」意。

98

日かずをばうつるもしらすぐどもかすむははるやたつらん

〔現代語訳〕

日数が経つのも知らないで過しているのだが、山の霞んでいるところを見ると、春が来たらしいなあ。

99

もゝかへり春のはじめをむかへ見るも［　］たゞ一時の心なりけり

百

〔現代語訳〕

（こうして、考えられる立春の情景を一つ〳〵歌にして行ったら、それらは一々に確たる現実として眼前に立ち現われて来た。それでは）現実にはありえないはずの、百遍の春の初めを迎え見る事ができるというのも、（この百首を詠んでいた）たった一時（二時間）の心のなせる業だったのだ。（これはまさに唯識の教えそのものだ。すばらしいなあ）

〔補説〕 これが、為兼の、この百首を営々と詠みつぐことによって得た、作歌上の開悟であった。91と並んで、為兼歌論理解の鍵となる重要な発見である。実は本詠は99番であるが、為兼は誤ってこれを大尾と考えたと見え、次行に「百」と番号を振っている。91あたりから、本詠の発見が沸々と心の中にたぎって来て、数を満たすに待ち切れず、思わずも歌数を誤り、のち気付いて番号を振り直して、春宮予祝詠を一首附加する事でめでたく完結させたのであろう。革新的な試みを集中して推進して来て、ついに新歌風への開悟に到達した喜び、その心の機微をうかがわせる、甚だ興味深い現象である。詳しくは「解説」五を参照されたい。

百　』

このはるは春の宮人おもふことも《をむかふるみや人も》花とゝもにひらけんとする

〔現代語訳〕この春こそは、春宮近臣らの念願する将来も、花と共に開けようとする事でありましょう。（まことにおめでたい事であります）

〔補説〕二・三句の訂正状況はいささか不明確であるが、露骨とも見える「おもふこと」を遠慮して一旦傍書のように訂正、のち、それではやはり趣旨不明確と考えて、初案に返したかと思われる。第四句は「花とともにや、」の脱であろう。

この末尾二首により、唯識説による詠歌実験と春宮予祝という、本百首詠出の意義が明白に認められる。まことにユニークな、意義深い作品である。

京極為兼歳暮百首

詠歳暮百首応　令和歌（六二）

左近衛権中将藤原為（兼）

〔成立〕　全五紙。「応　令《りやう》」は、上皇・后宮・春宮などの主催正式詩歌会への詠進懐紙の首書の書様。欠字は下命者への敬意をあらわす。ここでは春宮煕仁親王（伏見院）を対象とする。

詠出年次は、「春は早く立ちぬと思へど一年のいまだ残れる日数なりける」（70）、「今年又加はる冬の日数だにつひに程なく過ぎんとすらん」（71）と、年内立春および閏十二月の意がうたわれており、立春百首と同じ弘安九年（一二八六）、そして「指を折りて残る日数を数ふれば十とて一つ残るなりけり」（59）詠から、晦日なる二十九日までに十日を余す、閏十二月十九日詠と決定してよいであろう。立春百首の四日後の作であり、同様に心中に思いえがき得るあらゆる歳末の景情を詠出した実験作である。行間の歌数表記も立春百首同様。

なお『図書寮叢刊』では歳暮・立春の順に排列しているが、本書では詠出日順に、立春・歳暮の形の排列とした。

〔意義〕　本百首は立春百首に比して、叙景は少く、指摘できる参考歌もほとんど無い。歌めかしい発想表現を排して、あくまでも自らの「心」そのものの働くままに自由に詠出して行った趣が明らかで、立春百首よりも更に進んだ実験である事が見てとれ、非常に興味深い作である。字余り歌は六五首と極端に多く、うち二句字余り二五首、三句字余り一首。これも「心」の自在な表現の試みと言えよう。『京極派歌人の研究』88頁以下参照。

1 ほどもなく暮《れ》はてにけることしなれとお[illegible]ゝづればはる（か）にぞ（あ）□

〔現代語訳〕

何程の月日もなく、年末になってしまった今年だけれど、思い返してみれば随分長かったなあ。

〔補説〕 欠字は「る」であろう。

2 春をむかへんことは心にいそげどもとしのなごりは惜《しく》も有《る》かな

〔現代語訳〕

新春を迎えたい気持は心の中で急がれるけれども、一年の名[illegible]にまた惜しくもあることだ。

〔補説〕 初句七字、末句八字という大胆な字余り。

3 うつりゆく□日ほどなきなごりをも暮《れ》はてにけるとしにこそしれ

〔現代語訳〕

移り過ぎて行く月日の、本当にあっという間だという名残惜しさをも、年の全く暮れてしまうこの時期にこそしみじみと感じることだ。

4 日かずのみうつるほどなきなごりにてあはれにも年の又くれにける

〔現代語訳〕

日数だけがどんどん過ぎ去って、もうあと何程もない、という名残を残して、感深くも年は又暮れて行くよ。

5 お《〈を〉》りふし□《の》なさけはことにふかけれど歳のお《〈を〉》はりはあはれなるかな

〔現代語訳〕

時、折節による感銘は、その折々につけて特に深いのだけれど、中にも年の終りはとりわけて心にしみるものであるよ。

〔補説〕 初句、『叢刊』では「おもふしの」とするが、写真所見により改めた。歌意としても「折節の」が妥当であろう。

6 あはれげになにもなごりはのこれどもなれぬるとしのことにしおほ「　」

〔現代語訳〕

ああ、本当に、何事にも、別れにつけては名残の残るものだけれど、馴れ親しんだ年の名残は、特別に多いことだよ。

〔補説〕 初句は「哀れ、実に」、末句は「殊にし多かる」であろう。

7 ふるゆきのつもるをみてもあはれ〳〵日かずもさぞにとしくれにけ□《(るカ)》

〔現代語訳〕

降る雪の積って行くのを見るにつけても、ああ、本当にこの通りだ、日数もこうして積って行くのだな、と思って、年は暮れることだ。

〔補説〕 「日数もさぞ」は「さぞある」の略。「その通りだ」の意。

8　人ごとにつもるはとしのなごりにも我〈が〉身のうへにとゞめてや思ふ

〔現代語訳〕　人それぞれに、積って行くのは年の名残惜しさであるにつけても、せめてその思い出を身のまわりにとどめて、思い味わっているのかなあ。

〔補説〕　一往このように訳してみたが如何。

9　としといひてすぐるけぢめは見えねどもうちそふなごりそへばなりけり

〔現代語訳〕　年が過ぎ去るといったって、過ぎて行くはっきりとした証拠は見えないのだけれど、それについての名残惜しさが加わるからこそ、過ぎてしまったと明らかにわかるのだよ。

10　ことしはやなごりなしと思ふ心よりかつ〴〵「　」《そふは》はあはれ成〈り〉けり

十

〔現代語訳〕　今年も早くも、名残なく暮れて行くと思う心につけても、先ずそこに加わるのは「あわれ」という感情であるよ。

〔語釈〕　○かつ〴〵　とりあえず。早くも。

11 たれかいま思ふ心をかつのべてとしのお《〈を〉》はりになさけ［　　］《（そカ）》

〔現代語訳〕 誰が今、思う心をすぐ率直に表現して、一年の終りに感銘を加えるだろうか。（それは私しかないじゃないか）

〔語釈〕 〇かつ　すぐに。連続して行う意。

〔補説〕 末句欠字は「なさけそふらむ」であろう。

12 くれてゆくとしのかずのみほどなくてすぎぬるかたはなごりだになし

〔現代語訳〕 暮れて行く年の、残りの日数は本当に少くて、過ぎて来た日々は名残すらなく過去のものとなっている。

〔語釈〕 〇のみ　限定ではなく、強調。

13 けふにはやなりぬと思ふもあはれなりことしの□《（なカ）》ごりあらじと（お）もへば

〔現代語訳〕 年末の今日に、早くもなってしまったと思うのも感深いことだ。今年の名残を惜しむ日々も、もうほとんどあるまいと思うから。

14 いかゞしてすぐ□《（るカ）》日かずを（惜）［　　］ことしをしばしとゞ（め）［　　］《つゝみん》

〔現代語訳〕

一体どうやって、過ぎて行く日数を惜しいなあと言って、去って行く今年を暫くでも押しとどめて味わおうか。

〔補説〕　第三句欠字を仮に「惜しといひて」かと考えてみたが、如何。

15 春はちかくなりぬと思へどなれきつるとしのなごりはわすられ□《もカ》せで

〔現代語訳〕　春はすぐ近くまで来た、とは思うものの、馴れ親しんで来たこの一年の名残は忘れられもしなくて……。（必ずしも嬉しく心躍るとも言えない）

16 人ごとにいそがはしげなるけしきにも歳のくれのみあ「　《はれなるカ》」かな

〔現代語訳〕　逢う人皆、さもさも迎春の用意に急がしそうな様子を見るにつけても、（そうして送りやられてしまう）年の暮が本当にかわいそうに思われるよ。

17 かゝるためしあらじと思ふもなさけ（ふかし）ことしの暮け《の》ふのことの□《葉カ》

〔現代語訳〕　こんな風雅な催しは前例があるまいと思うにつけても感銘深いことだ。今年の暮も押しつまった今日の、百首和歌のお催しは。

〔補説〕　世俗にかかわらぬ春宮の風雅をたたえる。次詠もその状況か。

18　さればよと思ひつゞくるとしのなご「　　」《（りはるカ）》のはじめの《に》□《（つカ）》も「　　」《（るカ）》

〔現代語訳〕「さてそれではどうしよう」と思案し詠み続けることだ。年末の名残、立春の喜びを表現すべく、数を重ねて行く和歌の言葉よ。

〔補説〕下句欠字は「つもることのは」であろう。

19　さえとを《〈ほ〉》る月の光もくれ「　　」としのな「　　」《（こカ）》

〔補説〕欠字多く解釈できないが、第三句以降は「暮れ果つる年の名残を」云々であろうか。閏十二月十九日詠、すなわち臥待ち月である。「月の光も年の名残を惜しんでいる」というような意であろうか。

廿

20　庭にみゆる草のかれ葉も「　　」は春まつらんとう□《（らカ）》やま「　　」

〔現代語訳〕庭に見える草の枯葉も、「　　」春を待っているだろうと羨ましく思われるよ。

〔補説〕第三句欠字は思いえない。第五句は「うらやまれつゝ」であろう。

21　いかにしてことしをしばしお《〈を〉》しみとめてなれぬるなご（り）いひ「　　」ま「　」

〔現代語訳〕

どうやって、去って行く今年を暫く惜しみ留めて、親しんだ名残惜しさを心ゆくまで語りつくそうか。（せめてそうしたいものだなあ）

〔補説〕　末句は「いひつくさまし」かと考え、仮に訳した。如何。

22　ゆきもふりみぞれもしつるけふ□《の》そら□《よ》ことしのな（ごり）いかにか思ふ

〔現代語訳〕　雪も降り、霙《みぞれ》も降った今日の空よ。今年の名残をどう思っているのかね。（私と同じように忘れ難く思うからこそ、涙を流すような、そんな天候なのだろうね）

23　ふるゆきも心ありけりとしのくれ冬のなごりにことにし「　」れ

〔現代語訳〕　降る雪にもちゃんと心があるのだな。年の暮ともなれば、冬の名残を惜しんで一入多く積るのだもの。

〔補説〕　末句欠字は「ことにしつもれ」であろう。

24　いかにみな人もあはれと思ふらんことしのくれのなごりな「　」（き身はカ）

〔現代語訳〕　どんなに皆、関係ない人もかわいそうにと思うだろう。今年の暮も名残なく過ぎ、何のよい思い出もない私の身は。

〔補説〕　特にこのように詠まねばならぬ背景は不明である。

25 としばかりはあはれもふかきはなかりけりなれぬる事もを《〈お〉》しこめてする

〔現代語訳〕 年ほどにさまざまに感傷を深く催すものはないのだなあ。（下句解釈未詳）

〔補説〕 下句、「仕馴れた事も押籠めてする」とはどのような意味か、示教を待つ。

26 ことしたゞおもひいで（ら）る、（ことゝ）いふも《いはん》かゝるなさけをけふに「　　」

〔現代語訳〕 今年、ただ思い出になる事はこれにとどまる、と言おうよ。このような歳暮の感懐を今日の百首に表現して。

〔補説〕 末句欠字を仮に「とゞめて」あるいは「とめつる」と考えて解釈した。歳暮百首詠進の感懐として、次詠とも関連しよう。

27 人はおほくとしのなごりをお《〈を〉》しむともかゝるためしはよもあらじかし

〔現代語訳〕 世間の人は、多くそれぞれに一年の名残を惜しむとは言いながら、（それを百首として詠進せよと下命されるという）このような風雅で有意義な前例は、まさかどこにもありますまい。

〔補説〕 百首詠進に寄せての春宮讃歌。

28 さればゝや《〈早〉》ことしはなごり「　」《（なしカ）》といひて又あらたまる春にや「　」《（あらんカ）》

〔現代語訳〕それではもう早くも、今年はもうおしまい、名残はないと言って、再び新たに来る春を迎える、という事だろうか。

29　いかにしてなみだもろさのあはれを《さ》もなれゆくとだにとしにしられじ

〔現代語訳〕一体どうやって、こんな涙もろい感傷的な私の心をも、（移り行く「時」を不変であるかのように）余りに甘え、馴れきっていたからだなどと、（去りゆく）年に知られないようにできるだろう。（はずかしいもの）

〔補説〕仮にこう解してみたが如何。

30　さてもことし思い《〈ひ〉》でやなにと人とはゞかなしとい《や》はん「　　　」
□（三カ）十

〔現代語訳〕ところで今年、一番心に残る思い出は何ですかと人がたずねたなら、「悲しい」と言おうか、（それとも「しみじみあわれでした」と言おうか）。

〔補説〕末句「あはれとやいはん」と仮定してみた。如何。

31　あはれ〱ほどのなくすぐる日かずかなしばしことしのとまれと思ふ□（にカ）

〔現代語訳〕

ああ本当に、何程もなく過ぎてしまう日数だなあ。もう暫く、今年よ、とまっていてくれ、と思うのに。

32 いかにしてめにみぬとし《の》くれはてゝまた□《あ》《ミ》らたまる春をまつらん

〔現代語訳〕 一体どのようにして、目に見えない「年」というものが終ってしまって、又新しくなる「春」というものを待ち受ける、という工合になるのだろう。

33 くれはつるとしはつれなくすぎぬとも思ふなごりはとまれと□おも□《（ふカ）》

〔現代語訳〕 すっかり暮れてしまう「年」は無情にも過ぎて行くとしても、それを慕わしく思う名残の心だけはとどまっていてくれ、と思うよ。

〔補説〕 末句欠字は「とまれとぞおもふ」であろう。

34 しばしまてなれぬるほどのなさけにもことしのあはれかたりかはさ□《（んカ）》

〔現代語訳〕 （行く年よ）、ちょっと待ってくれ、馴れ親しんだ間の、その友情につけても、今年一年の心に残った事どもを語り合おうではないか。

35 いかにしてあまねく人にをしまれ□心づよくもとしのくる《〈暮〉》らん

〔現代語訳〕

一体どうして、余す事なくすべての人に惜しまれていながら、非情にも年は暮れて行ってしまうのだろう。

〔補説〕 第三句欠字は「をしまれて」であろう。

36

はかなげにうちそびく雲もあはれ也春こんのちは霞とやなら□《(んカ)》

〔現代語訳〕

心細げにたなびいている雲も心にしみる情趣だ。あれも春が来た後は名を変えて霞となるのであろうか。

〔語釈〕 **○そびく** 聳く。なびく。

37

さても我《〈が〉》思《〈ひ〉》つゞくることゞもをなれぬ「　」《(るとカ)》しも「　」か（た）「　」

〔現代語訳〕

さてさてまあ、私が心中に思い続けている事どもを、馴れ親しんだ年も（以下不明）。

〔補説〕 下句「馴れぬる年も共に語らん」か、如何。この前後、去り行く年との心の交流がまことにユニークである。

38

あはれかくかきつゞくるもくれはつるとしはなさけ（も）しらず「　」《(ぞあるカ)》

〔現代語訳〕

ああ、私がこんなに書き続ける歌も、暮れてしまう年は、そこに籠めた真情をも知らないでいるのだろうなあ。

〔補説〕 末句欠字は「知らずぞあるらん」であろう。

39

せめてたゞあひ思〈ひ〉てもゆくならばなぐさみなましくれはつる「　　」

〔現代語訳〕

せめての事にただ、私が名残惜しいと思う程に、向うも思いながら去って行くなら、それが慰めにもなるだろうがなあ、暮れてしまう年よ。(でもそうは思ってくれないのだから、張合いのないことだ)

〔補説〕　末句欠字は「くれはつるとし」であろう。

40

花の春月の秋□(とカ)てなれきつるなさけおぼゆる□(とカ)しのくれ□(哉カ)

□(四カ)十

〔現代語訳〕

花の春、月の秋といって馴れ親しんで来た、その一年の情趣がしみじみと思い返される、年の暮であることよ。

41

春の花のおもかげつゞく「　　」《歳くれて》又やうつゝ「　　」

〔現代語訳〕

春の花の印象が今も続いていながら一年は過ぎ去って、又現実に(以下不明)。

〔補説〕　下句は「又現実にその姿を見ることであろうか」のような意の表現であろう。

42

としは又たちかへるともすぎゝ〈来〉つるなごりはしばし「　　」しとぞ思ふ

〔現代語訳〕

年は又、新しくなって帰って来るとしても、経過して来た思い出の名残はちょっとでもなくなりはしまいと思うよ。

〔補説〕 末句は「去らじとぞ思ふ」のような趣旨の表現か、如何。

43

さびし《げ》の庭のすゝきの霜のうへやとしのくれをもいかにか思ふ

〔現代語訳〕 いかにも淋しげな、庭の薄の上に霜の置いた姿よ。人間ならぬ薄は、年の暮をどのように思っているのだろうか。

〔補説〕 初句、『叢刊』では「け」を本行とするが、写真所見により改めた。

44

てりまさる月の光のさかりなるもとしのなごりはおも□はる□（らんカ）

〔現代語訳〕 ますます明るく照っている月の光の盛りであるにつけても、暮れて行く年の名残はつくづくと思われることであろう。

〔補説〕 末句欠字は「おもひはるらん」か。変った言葉だが、92に「今日しかく雪降り吹雪くも年の名残思ひはれてやかく凍みゆらん」があり、「つくづく思う」意味の俗語的表現かと推測される。

45

いまの月はいつもの（そら）にみゆとてもことしの又はかへるべきか□

〔現代語訳〕 今見る月は、いつもの事として同じ空に見えるとしても、今年は再び帰って来るだろうか、いや帰りはしない。

〔補注〕「いつもの」については、立春百首22参照。末句欠字は「かへるべきかは」。

46

くれはつるとしのなごりをあはれともいはゞこたへよふるきよの月

〔現代語訳〕暮れ果てる年の名残を、ああ、残り惜しい、と言ったら、同じ心で答えてくれよ、古くからのこの世を見ている月よ。

47

我《が》ごとくなごりを思ふ人しあらばあはれととくるゝとしもやいは（ん）

〔現代語訳〕私のように、歳暮の名残を深く思う人があったら、「ああ、いとおしいなあ」と、暮れて行く年も言ってくれるだろう。

48

しばしたゞくれ《暮》でやすらへゆくとしよいづくのさともあはれよの中

〔現代語訳〕ほんの暫くの間でも、暮れて行かずに足を止めていておくれよ、行く年よ。どこの小さな村里にだって、（この一年を大切にして来た）いとおしい生活というものがあるのだから。

〔補説〕仮に言葉を補って訳した。如何。

49

おし《惜》と思ふ心をさらに身にそへ（て）としの別はさのみやし「　」（らるゝカ）

〔現代語訳〕
惜しいなあと思う心を、ますます我が身に即して味わうから、一年の別れというものはこんなにも切実なのだろうか。

〔補説〕 試みに訳したが十分に意味が取れない。如何。

50

よしや（たゞ）おもはじとのみ思へどもしゐてもとしのおし（ま）るゝ哉

□（五カ）十

〔現代語訳〕
ああもう仕方がない、そんな事はもう思うまいと思うのだけれど、それに反してやはり行く年は惜しまれることだ。

〔語釈〕 **○しゐて** 強ひて。自然の理に逆らって。

51

契あれやことしのなごり思〈ひ〉とけばかゝるなさけはふ（で）に□めつる

〔現代語訳〕
深い縁があっての事だなあ。今年というものの名残惜しさをつくづく思い味わうからこそ、こんな心情を筆に書き記したのだ。

〔補説〕 第五句「筆に染めつる」あるいは「とめつる」か。この前後、特に、歳暮の心情を思い浮ぶままに次々と筆にしている為兼の姿を偲ばせる趣の作が集中している。

52 としもさすが心○《の中》に（あはれ）とや我《が》思ふほどを思《ひ》しるらし

〔現代語訳〕（そうしてみれば）年の方でもやはり、その心の中に、ああ、そうまで思ってくれるのか、と、私の思いの深さを思い知っていてくれるらしいよ。

53 さても〱春のなご□《リカ》よ秋の別《れ》又この冬もいまいくか《幾日》ゝ（と）

〔現代語訳〕さてさて（考えてみれば）、春の名残を惜しみ、秋の別れを悲しみ、又この冬もあと何日残っているというのだろう。

54 あはれたゞなれずはかくもおぼえまじことしのことにあ［　］なる（哉）

〔現代語訳〕ああ全く、馴れ親しまなかったらこんなにも名残惜しくは思うまいに、今年は特別に身にしみて別れが悲しいことだ。

〔補説〕第三句「おぼえにし」は字体不鮮明、『叢刊』は「おほえにし」とするが、歌意からいって「おぼえまじ」であろうと考え、私に改めた。如何。末句欠字は「あはれなる哉」。

55 人もみな同心《じ》に思ふらんことしのくれのいそがはしきを

〔現代語訳〕（私だけでなく）他の人も皆、同じ心に思っているだろう。今年の春の、この忙しさを。

56 むかへんみんとし《〈年〉》もさこそと思（へども）ことしよりは猶おも（ひ）け「　」

〔現代語訳〕迎えて見る新年も、さぞかし又心に印象深く残る事があるだろうとは思うけれども、今年よりはやはり劣るのではないかと思ってしまうなあ。

〔補説〕末句欠字は「おもひけたれて」（消たれて）であろう。

57 さらばよしやことしをいまは《〈を〉》おしまでみん又こんとしのたのむ事あ□

〔現代語訳〕そんならもう、よしよし、今年を今は惜しんだりしないで成行きを見よう。又来る新年に期待する事があろうかと。

〔補説〕末句欠字は「ある」で、春宮践祚の期待を匂わすか。

58 としといひ日かずといひてなごりなきをおもひい（る）ればあはれふかしも

〔現代語訳〕残る年と言い、日数と言っても、名残ないまでに押しつまってしまったのを、つく〳〵思ってみれば感慨深い事だなあ。

59

ゆびをお《〈を〉》りての（こ）る日かずをかぞふればとをとて（ひとつ）《ひとつ》［　　］《のこるなり》け（り）

〔現代語訳〕

指を折って、年の内に残る日数を数えてみると、十日分があと一つ、残っているのだなあ。

〔参考〕「手を折りてあひ見しことを数ふれば十といひつつ四つは経にけり」（伊勢物語二四、有常）

〔補説〕 閏十二月十九日詠だから残りは十日。伊勢物語詠を巧みに引いている。

60

されば〱くれなんとしよなれなる丶人をいづくに［　　］みすてゆくらん

□《（六カ）》十

〔現代語訳〕

さてさてそれでは全く、暮れようとする年よ、あんなに馴れ親しんだ人間を、一体どこに見捨てて行ってしまうのか。

61

しばしまてわれもなごりのお《〈を〉》しく思ふにあひかたらはん（くれはつる）とし

〔現代語訳〕

ちょっと待ってくれよ。私だって名残惜しく思っているのだもの、まあ睦まじくおしゃべりでもしようよ、暮れはててしまう年よ。

62

としといふその名ばかりはおし《〈惜〉》むと□《（もカ）》いづくにかたちみ［　　］　』

〔現代語訳〕
「年」という、その名前だけは惜しむけれども、どこに形が見えるわけでもない。

〔補説〕　末句「見ゆるともなし」かと考えて、仮に訳した。

63　せめてたゞひとの心の思ひなしにことしの冬のことにみじかき

〔現代語訳〕
（今年は閏があって冬が一箇月長いはずなのに）強いてただ、私の心がそう思わせるせいか、今年の冬は特別に短い感じがする。

64　いかにしていづくにしばしことゝ〈問〉はんくれなんとしのとまりありやと

〔現代語訳〕
どういう工合にして、どこに対してちょっとまあたずねてみようか。暮れて行くだろう年の、宿を取る所はあるかと。

65　としもげにゆきとまる所あるらんと思〈ふ〉よりしてたづねまほしき

〔現代語訳〕
年だって実際は、行きかけて泊る所があるだろうと思うから、それでその宿がたずねてみたいんだよ。

〔補説〕　二首、年を旅行者のように取扱う。

66

よしやいまはことしの《なごり》おしまじよくれなばくる丶日かずとおもひ□《（てカ）》

〔現代語訳〕 ままよ、それでは、今はもう今年の名残は惜しむまいよ。暮れるならその定まった日数のままに暮れるものだと思って。

〔補説〕「なごり」は『叢刊』本行とするが、写真所見により改めた。

67

さま〴〵になれながめつるなさけをもたゞひと丶せにけふにこめぬ（る）

〔現代語訳〕 年間を通してさま〴〵に馴れ親しみ、思い味わって来た各種の情趣をも、一年分を今日ただ一日に圧縮して、味わい惜しむことだなあ。

68

人ごとにいそぎ〳〵《て》おくりやれば、おくらる丶としのうらみやすらん

〔現代語訳〕 人それ〴〵に、せっせと支度をして旧年を送る作業に励んでいるから、送られる年の方は恨んでいるんじゃないかな。

〔補説〕 奇抜な発想。「て」は『叢刊』本行とするが、写真所見により改めた。

69

さま〴〵の人のいとなみかはれどもいそぐはとしの暮ぞかは（　）

〔現代語訳〕

様々の人の職業は異なっているけれども、迎春の準備を急ぐ、という点では、年の暮の仕事は皆変らないことだ。

〔補説〕　末句欠字は「かはらぬ」。

70
春はゝや《早》くたちぬと思へどひとゝせのいまだのこれる日かずなりける
□《七カ》十

〔現代語訳〕
　春は早々に来てしまったと思うけれども、一年の内の、これはまだ残っている日数なんだよ。

〔補説〕　閏十二月十五日が立春であった。これは十九日詠。

71
ことし又くはゝる冬の日かずだにつゐ《ひ》にほどなくすぎん□すらん

〔現代語訳〕
　今年は閏年で、一月分加わった冬の日数すらも、とう〱何程もなく過ぎようとしているのだなあ。

〔補説〕　末句欠字は「すぎんとすらん」。

72
さてもしばしとまらばこそと思へども猶お《を》しまるゝとしにもある（かな）

〔現代語訳〕
　何をどうしたって、ちょっとでも止ることなんかあるものか、と思うけれど、やっぱり惜しまれる年の暮だなあ。

73

たれもみなかくやは思ふことしのけふなごりもことにふかくおぼ（ゆ）□

〔語釈〕 ○ばこそ ……のはずがない。

〔現代語訳〕 誰も皆、こんなにもしみぐ〵と思うのだろうか。（そうとも限るまいに、私としては）今年の今日、年の名残も特に深く思われるよ。

〔補説〕「やは」は反語と考えたが、疑問の「や」と指定の「は」の結合とも見得る。如何。末尾欠字は「おぼゆる」。

74

世のつねにかくまで思ひいれずともおし《〈を〉》かりぬべきとしのな（ご）［　］

〔現代語訳〕 世間普通程度の思いであって、（私のように）こんなにまで深く思い込まないとしても、やはり惜しいと思うだろう一年の名残なのに。（私の思いはそれどころではないのだ）

〔補説〕 末句欠字は「としのなごりを」。

75

しばしとてかたらふ心しるならばとしもわ（れ）をやあはれとおもは□

〔現代語訳〕「ちょっと待って」と言って、親しく語りかける私の心を知るならば、年の方でも私をいとおしいと思ってくれるだろうよ。

〔補説〕 末句欠字は「おもはむ」。

76 たゞにゐてながむるよりもことの葉にかきつくるとしはおし《〈惜〉》くも有け《〈り〉》（り）

〔現代語訳〕 ただすわって、物思いをしているよりは、こうやって言葉に出して書きつける年の名残は、一層惜しく思われるなぁ。

77 ふるゆきはみちもみえじをいづくよりわけゆくとしのとまりしもせぬ

〔現代語訳〕 降る雪は激しくて、道も見えないだろうのに、年はどこからそれを分けて行くのか知らないが、雪のせいで止まるという事もしないのだろうか。

78 さりとも思ふたのみもなかりけりすぐる日かずにとしをまかせて

〔現代語訳〕 いくら何でもちょっとは止ってくれないかしら、と思う頼みもないことだよ、過ぎて行く日数に、去って行く年をまかせて。

79 よのつねはおし《〈惜〉》ともいはんとしな（れど）などやあらたまる春のまたる、

〔現代語訳〕

世間普通ならば、惜しいとも言うだろう年の暮だけれど、どうしてか、改まる新春が待たれることだ。

【補説】そろ〳〵大尾に向けて、年を惜しむ感傷から新春の期待（春宮踐祚予祝の意をこめて）へと重点を移して行く。

80
鶯もはねつくりしてくれはつるとしをおそし春やまつら（ん）
□《（八カ）》十

【現代語訳】鶯も、羽ばたきや毛づくろいをして、暮れてしまう年を今や遅しとばかり、春を待っているんだろうな。

81
枝に梅《こもる》のけしきもいまは《又》・はるをちかしとおもひがほなる

【現代語訳】蕾がまだ枝にこもったままの梅の木の様子も、今は以前と変って、春が近くなったと思っている風情だよ。

【補説】「こもる」は『叢刊』本行とするが、写真所見により改めた。

82
しづのめが心〳〵にうたふうたもとしのくれよりかねてやいはふ

【現代語訳】労働する女達が、思い〳〵にうたう歌も、年の暮から、早くも新年を前もって祝っているようだ。

83
いへ〳〵におのがさま〴〵いそぐめる心ぞかはるとしのとしはおなじくれ

〔現代語訳〕家々でそれ〴〵の習慣に従って正月の用意をしているらしい、その心は家毎に違っても、送られる年は同じ暮だよ。

〔補説〕この二首、伝統からは全く桁外れで、『野守鏡』に非難された「なけとなる有明方の月影よ郭公なる世のけしきかな」以上と思われる。

84 さてもげにいつまでとまつことなればことしくる丶を「　　」　　』

〔現代語訳〕まあ、本当に、いつまで経《た》ったら……と（春を）待っている事なのだから、今年の暮れるのを（以下不明）。

〔補説〕春宮踐祚を待つ心であろう。不明の末句は「さほどに惜しみはしない」意の表現か。

85 よしやたゞ物もおもはじあぢきなくとしはくる《〈暮〉》ともはるにしもあはゞ

〔現代語訳〕ままよ、ただもう、物思いをしたりなんかすまいよ。面白くもなく年は暮れても、やがて春に会う、という事ならば。

〔補説〕これも同様。

86 さのみかくあはれをそふることしなればうらめしといひていさもおし《〈惜〉》まじ

〔現代語訳〕

そんなにもまあ、感傷を加えるような今年なのだから、去って行くのを恨めしいとだけ言って、さあ、そんなにも惜しむまいよ。

〔語釈〕 ○いさ　相手をはぐらかすような会話語。

〔補説〕 仮にこう解したが、如何。

87

ゆく日かずうつる心のそのまゝにとしのくれに《と》もなりに《る》ぞ有《〈り〉》ける

〔現代語訳〕

経って行く日数、それによって移り変る心にそのまま従って、年の暮になるという、自然な成行きであったのだなあ。

88

しばしたゞかくお《〈を〉》しまでも心みんさらばおのづからとしやとまると

〔現代語訳〕

暫くの間、こんなに惜しいとばかり言わないで様子を見よう。そうしたら（張合いがなくなって）自然に年が去るのを止めるかもしれないと思うから。

89

のきの松のつれな（き）色もさすが又としのくれをばしりがほにみゆる

〔現代語訳〕

軒の松の、いつも変らない緑の色も、そうではありながらやはり、年の暮である事を承知しているように見える。

90　おのがときいま一しほのはるをまちてとしやお□《(しカ)》まぬ庭のまつがえ

九（十）

〔現代語訳〕自分の栄える時が、更に一層加わるであろう春を待って、去って行く年を惜しまないのか、庭の松の枝よ。

91　あはれにも池の氷のとぢこむるも春こんのちはとけぞわたらん

〔現代語訳〕物淋しくも、池の氷がすっかり水面を閉じこめているが、それも春が来た後にはすっかりとけてしまうだろう。

〔補説〕以上二首、風景に寄せた春宮予祝。

92　けふしかくゆきふりふゞくも冬のなごり思ひはれてやかくしみゆらん

〔現代語訳〕今日もこんなに、雪が吹雪くほど降るというのも、冬も去って行く名残をつくづく思うから、こんなに凍えるほど冷たい天候にするのだろうか。

〔補説〕「思ひはれて」「凍《し》みゆ」は当時の俗語的表現か（44参照）。後者は「斯く、凍みゆらん」で、「斯くし、見ゆらん」ではないと判断したが、如何。

93

かきくれてたゞふれ雪よさても又としのしばしやみちにとまると

〔現代語訳〕 空をかき曇らせて、ひたすらに降ってくれよ、雪よ。そうしたらもしや、年が暫くでも途中で止まるかと思うから。

94

としのうちはのこる日かずもさすがあれど冬はのこりの□《（おカ）》しとやいは□《ん》

〔現代語訳〕 まだ旧年のうちには、残っている日数もさすがにあるとはいっても、（すでに立春は来てしまったから）去って行った冬は残り惜しいことだと言おうか。

〔補説〕 第五句、或いは「なしとやいはん」かとも考えたが、不適切か、如何。

95

たれおし《〈惜〉》みたれしたふともくれてゆくとしはさま《ら》〱とまりしもせじ

〔現代語訳〕 誰が惜しみ、誰が愛惜しようとも、暮れて行く年は全くとどまりもしまい。

〔語釈〕 ○さら〱 （打消を伴って）決して。ゆめ〱。

96

いましばしことしをおし《〈惜〉》みとゞめおきて思ひいでになることことをしき《いかであら》□

〔現代語訳〕

もうちょっとの間、今年を惜しんで引きとめておいて、思い出になるような事といったら、さあ、何があるだろうか。

〔補説〕 第五句初二字、『叢刊』は「こ（そ）」とするが、写真所見により改めた。

97 あぢきなくよしやおし〈惜〉まじおしむとももとまらんとしの心ならねば

〔現代語訳〕 つまらない事だ、ああもういいや、惜しむまい。惜しんでも、止まってくれるような年の心ではないんだもの。

98 ことしいまはのこらずと思ふ心より春めくかたにこゝろすゝみ□

〔現代語訳〕 今年も今は、もう残りはないのだと思う心につけて、「春が来るのだ」という方向に心は進んで行くよ。

〔補説〕 末句欠字は「て」「つ」「ぬ」いずれか不明。

99 ふけゆくもあはれぞふかきとしのなごりたゞいまのみのかぎりと思へば

〔現代語訳〕 夜が更けて行くにつけても感慨深いことだ。行く年の名残を惜しむのも、たった今だけの事になってしまって、これでおしまいと思うから。

100

くれはつるとしのためしもいくかへりおり《く》ても猶つきじとぞおもふ

百　』

〔現代語訳〕

全く終ってしまう年、というその先例も、何回味わったことか。何回繰返し送っても、なおも尽きることなく、永遠にこれは続くことであろうと思うよ。

〔補説〕　叙景も、引歌もほとんどなく、言葉を飾らず、心中を去来する「歳暮」への思いをためつすがめつ歌いついで来た風変りな百首を、名残惜しくも歌いおさめる。余韻嫋々の大尾である。

京極為兼花三十首

春日同詠花三十首和歌（六五）

左近衛権中将藤原為兼

〔成立〕全四紙。詠歌時期は、「雲の上にこの春咲かん花の色はなべての色に猶ぞまさらん」（16）と、露骨な春宮踐祚予祝詠のある所からして、立春・歳暮両百首よりも更に進んだ、弘安十年（一二八七）春詠と認定されよう。為兼、34歳の作である。「同詠」は何人かが同時に詠んだ意で、個人的作品ではない事を示し、春宮の許での、近臣グループ詠の一と推測される。一往早春から季春までの構成になっているが、季節の進行を必ずしも追わない。中間以降の16・21等になお開花を待つ意が見える所から、開花直前頃の詠か。

〔意義〕両百首同様、参考歌と指摘すべきものはほとんど見当らず、純叙景歌もほとんど無い。字余りは三〇首中一七首、二句字余り五首。意識的な新風指向が顕著である事、思索的詠風である事も両者に等しい。

1 はるにはやなりぬと思《ふ》こゝろよりさかぬ木ずゑに花ぞまたるゝ

〔現代語訳〕春に早くもなったな、と思う心からして、咲く気配もない梢を見上げて、花が待たれるよ。

2 を《お》しなべてのどかにそらもかすみわたり花さきぬべくなりにけるかな

〔現代語訳〕 一面にすべて、のどかな感じに空もすっかり霞んで、もういつ花が咲いてもいいようになって来たな。

3 花もいかにわがときゝぬ《来》とおもひしりてひらけんことをいそぎまつらん

〔現代語訳〕 花もどんなにか、自分の出る時が来たと承知して、開花する事をすっかり支度して待っていることだろう。

〔参考〕 「見渡せば春日の野辺に霞立ち開くる花は桜花かも」（風雅一四八、人麿）「時にありて開くる花の色なれば人の心もみなうつりけり」（伏見院御集五九七）

〔補説〕 「ひらけ」「ひらくる」は、「開悟」の意をこめて蓮の花に用いる事が多いが、京極派では桜の開花に好み用いている。17・26にも見える。

4 まだきより思い《ひ》づればさくら花心の中にさかりをぞみる

〔現代語訳〕 （咲くより）ずっと以前から、思い出しているので、桜花はもう心の中に花盛りを見てしまうことだよ。

5 花の色は《の》春はことなる物にあればなだかきときとむべもいひけり

〔現代語訳〕

花の色は、春は特別に美しいものだから、それを「名高い時である」とは、なるほどうまく言ったものだ。

〔**語釈**〕**○むべ**　「うべ」に同じ、なるほど、尤もだと納得する意。

〔**補説**〕「なだかきときと」云々には典拠があろうかと考えるが、何をさすか思いえない。示教を乞う。

6

あけぼのの《や》あらはれそむる花の色によものかすみもうすにほひつゝ

〔**現代語訳**〕

この曙の風情よ。ほのぐと現われて来る花の色に従って、四方に立ちこめた霞もうっすらと紅に染まりはじめるよ。

〔**参考**〕「花にみな雲も霞もかをられて四方のけしきのうす匂ひなる」（為子集二七）

〔**補説**〕「うす匂ひ」は淡紅色のほんのりとした趣をあらわす京極派の特異表現。為子集詠は正応二年（一二八九）九月十九日歌合のもの。

7

花の心いかに色ふかくおもひてかゝる色さへ《し》もいそぎちるらん

〔**現代語訳**〕

花の心としては、どんなにその色を大切なものと思っているからか、こんな美しい色でありながら急いで散ってしまうのだろう。

〔**語釈**〕**○色ふかく**　愛情深く。

〔**補説**〕一二句字余り、「心」「色」の頻用も京極派の特色である。

8　心なしとなに、かいはん桜花ときありてさき《こそ》「　《ちりにけれ》」

〔現代語訳〕
物には心がないなんて、何を証拠に言うんだろう。桜の花だって、ちゃんと時を心得て、咲いたり散ったりするじゃないか。

9　おほかたの霞を花のにほひにてをしなべて《夕げしき》□《さ》も《へ（な）》□さけみ《そ》（ゆ）《ふ》ら《ら》ん《ん》

〔現代語訳〕
あたり全体の霞が、そのまま花のほのかな色合であって、夕景色さえも春の情緒を添えているようだ。

〔補説〕「こそ」は『叢刊』では本行とするが、写真所見により改めた。

10　桜花人に心をつくさせてさくとしならばみるほどあれな

〔現代語訳〕
桜花よ、そんなに人に待ちこがれさせて、やっと咲くというのであれば、ゆっくり見る時間があってくれよ。
（早く散る事はないじゃないか）

11　さきそむる一木の花によはなべて花の心になりは（て）にける

〔現代語訳〕
わずかに咲きはじめる、たった一本の桜の木の花によって、世間一般はすべて、花盛りの浮き〳〵した心になり切ってしまったよ。

12 春はを《〈お〉》のがときぞとしり《ら》て《ば》桜花のどけき色にさけとこそ思へ

〔現代語訳〕 春は自分の時だと承知しているのなら、桜花よ、（その気分にふさわしく）のどかな色に咲いていておくれ（急いで散ってくれるな）と、そう思うことだ。

13 いつもたゞ花は夕のに《色》ほ《し》ひ《も》の《ぞ》みあらぬなごりにそひてみ□《ゑ》ける　』

〔現代語訳〕 いつでもただもう、花は夕暮のほのかな色合こそは、（やがて散る名残惜しさとは）一味違う名残惜しさとして、加わって見えることだなあ。

〔補説〕 仮にこう解したが、如何。

14 よもの花のなかにしいかでさくらのみか丶る色にはさき［　］るらん

〔現代語訳〕 沢山の花の中でまあ、どうして桜だけが、こんなすばらしい色に、他にまさって咲くのだろう。

〔補説〕 末句の欠字を「咲きまさるらん」と考えて、仮に解した。如何。

15 花ゆへ《〈ゑ〉》のなごりと思へばおほかたの春のな《〈名〉》さへになつかしきかな

〔現代語訳〕

散ってしまった花が原因での、季節の代り目への名残惜しさだ、と思うと、一般的な「春」という名さえなつかしいことだ。

16 雲のうへにこの春さかん花の色はなべての色に猶ぞまさらん

〔現代語訳〕
内裏の庭にこの春咲くだろう花の色は、普通の色にくらべて一段とまさって美しいことだろう。

〔補説〕このような事が公然と言えるのは、春宮側近の内々の催しなればこそであろう。但し践祚実現は十月二十一日である。

17 花もいかに心ひらけて思〈ふ〉らん［　］るときにし春をむかへて

〔現代語訳〕
花も、どんなにか心晴れ〳〵と思うことだろう。こんなに希望に満ちた時に、あたかも春を迎えて。

〔補説〕前歌を受けるものとして、第四句欠字は「かゝる時にし」かと考えたが、如何。

18 つ（く）〴〵とながめおもへば花ざかりのどかに［　］《ちらんなごりのかねてかなしき》

〔現代語訳〕
つく〴〵と眺めながら考えると、花盛りとはいうものの、散るだろう名残惜しさが、今から悲しいことだ。

〔補説〕少々言い過ぎたと思ってか、一般的な感懐に戻る。

19
かくばかりたぐひなき色にさきけるも人になごりをあひおもへとか

〔現代語訳〕こんなにも、類のないような美しい色に花が咲いたというのも、見る人に、散った後の名残惜しさをしみぐ＼と思えというつもりなのだろうか。

20
いまいくかさきつゝ花のさかりみえんおもへばなごりさらにぞまさる

〔現代語訳〕あと何日、次々と咲いて花は盛りを見せてくれるだろうか。やがて散る事を思えば、その名残は更にまさることだ。

〔補説〕「の」は主格を表わし、「見え」は「見せ」の意と考えた。

21
この春は心とゞめてことにみんと思〈ふ〉につけて花ぞまたるゝ

〔現代語訳〕（春宮踐祚の期待される）この春は、特別に心をとめてよく見ようと思うにつけても、花の咲くのが待たれるよ。

〔補説〕こんな所に「待花」の歌があらわれる所から見ても、本作詠出の時期が推測されよう。

22
いかにしてこの世に花のさきたへて［　］（く）なき色をとしにみす（ら）ん　』

〔現代語訳〕

一体どのようにして、此の世に花はめげもせずに咲いて、（不明）色を毎年見せてくれるのだろう。

〔語釈〕 **○さきたへて** 「咲き耐えて」と考えてみたが自信はない。次の句も不明。**○としに** 年毎に。

23

花はたゞさきこぼれたるにほひより夕ぐれまさるほどの入あひのそら

〔現代語訳〕 花の美しさはどんな所かと言えば、それはただもう、こぼれるほどに咲いた匂うばかりの風情からはじめ、次第に暮れて来る頃の、日没の空を背景とした姿だよ。

〔補説〕 「にほひ」については弘安八年四月歌合1・2参照。

24

人ごとにあ（だ）にはみるともさくら花われにあはれはかはせとぞ思ふ

〔現代語訳〕 人それぐ〵に、頼みにならないものと極めつけて見るとしても、桜花よ、私にだけは深い情愛を示してほしいと思うよ。

〔参考〕 「あだなりと名にこそ立てれ桜花年に稀なる人も待ちけり」（伊勢物語二八、古今六二、読人しらず）「久しかれあだに散るなと桜花瓶にさせれどうつろひにけり」（後撰八二、貫之）

25

いく《幾》はる《春》もかぎりはあらじ桜花さくべきものとちぎりしあらば

〔現代語訳〕 今後何回の春を咲き続けるか、そんな限度はあるまいよ、桜花よ。必ず咲くべきものという約束が、ちゃんと出来ているならば。

26　いかにしていつたが《〈誰〉》うへ《〈ゑ〉》しはじめより春の《は》さくらとひ（ら）けそめけん

〔現代語訳〕　一体どうやって、何時、誰が植えたのか、その最初から、春の代表は桜である、として咲きはじめたのだろう。

27　思い《〈ひ〉》れぬ身にだに花の春は猶心もつねに色にこそなれ

〔現代語訳〕　男女間の愛情などには格別関心を持たない私でさえも、花咲く春はやはり、心も必ず浮き〳〵と色めいた気分になるよ。

〔補説〕　初句、『叢刊』は「思はれぬ」とするが、写真所見により改めた。

28　たれもみなひとつ心にをしまなんもしあはれとて（花）やちらぬと

〔現代語訳〕　誰も皆、心を一つにして花を惜しんでほしい。そうしたらもしや、ああそんなにも思ってくれるのか、嬉しい、と言って、花も散らないであろうかと思うから。

29
春のために花はをしき《ま》ず花のゆへ《〈ゐ〉》ぞはるのなをさへお《〈を〉》し□□《(ともカ)》おもふ

〔現代語訳〕
春が終るからといって、花の散るのを惜しむのではない。花が終ってしまうからこそ、過ぎて行く「春」という、その名をさえ惜しいと思うのだ。

30
さくら花いまいくかゝとおもふより《かゝのなごりより》心に春の《さへ》はやく□《うつり》きゆくかな　』

〔現代語訳〕
桜花の盛りもあと何日あるか、と思う名残惜しさにつけて、春さえ早々と移り過ぎて行く事を思うよ。

〔補説〕 下句原案は「心に春のはやくすぎゆく」であったかと思われる。以上花三十首は、立春・歳暮百首の実験を受けて、花に対する自らの心を子細に分析した試みである。

世尊寺定成冬五十首

歳暮同詠冬五十首応　令和歌自子終「　」（七〇）

前石見守藤原定成

〔作者〕　定成は世尊寺経朝男、左馬頭従四位下に至り、永仁六年（一二九八）十二月十二日没（皇代暦）。生年未詳だが具顕よりやや年長か。鹿目俊彦「藤原定成について」（語文34、一九七一、三）・「藤原定成に就いて」（和歌文学研究24、一九七一、一）の両論において、前者には本二詠草を含む伏見春宮時代、後者には伏見即位後の文学活動について、それ〳〵詳細な考察がなされ、前者には本二詠草の紹介、後者には年譜が載せられている。参照されたい。彼は伏見院春宮時代からの側近で、『春のみやまぢ』『弘安源氏論議』に登場、また「病に沈みて限りに覚え」た時為兼との贈答歌があった旨、『続門葉集』八五八憲淳詠の詞書に記されている。

世尊寺家は書を家業とし、『看聞日記』永享七年（一四三五）八月二十七日、「玉葉集正本一合（割注前半省略）定成朝臣筆（中略）伏見院以来相伝秘蔵」とある。正和元年（一三一二）成立の玉葉集に「定成筆」はありえないようだが、為兼の同集撰歌状況、定成との友情から考えて、定成生前すでに決定していた玉葉集巻頭部分を定成に書かせており、完成時切継によってその部分を生かして正本として構成し、それが「定成朝臣筆玉葉集」として後代に伝えられたという事は、あり得る事であろう（『京極派和歌の研究』448頁以下参照）。

〔成立〕　本詠草は巻首一紙、八首しか残されておらず、別に存する定成応令和歌六紙七一首のうち何紙かはこれと組み合せられる可能性も考えられるが、今は現状のままに取扱うこととする。詠出年次は不明であるが、年譜により官暦を見合わせ、また歌の新奇さから見て、具顕・為兼詠と同じ弘安末年詠、七一詠草ともども、春宮の命に応じ奉ったものと見られる。31歳頃の詠か。七一詠草49・56詠に年内立春を示唆する表現があるので、その詠出は弘安九年（一二八六）閏十二月十五日、立春当日かと思われるが、前述の通り両詠草間には断簡混同の疑いも残るので、これについては七一詠草の最後の〔補説〕に考察する。

〔意義〕 両詠草とも典拠・参考歌の類はほとんど指摘できず、全く素人歌人の歌で、またそれ故に面白い作が生れており、期せずして後代に影響を与えている。「解説」七参照。

1 冬きぬと思心《ふ》のながめよりそらのけしきもかは（り）ぬる（か）な

〔現代語訳〕

冬が来た、と思う心でつく〴〵眺め入っている、そのせいでか、空の様子も秋とは変ってしまったことだな。

2 うきぐもは（と）《外》山の峯にかゝり（つこ）ふもとのさとや今しぐるらん

〔現代語訳〕

浮雲は今、里近い山の峰に覆いかかって来ている。その麓の村里は、今きっと時雨が降って来たことだろうな。

3 ふきかはるあらし（のを《お》）とも□《は》□《げ》□《し》□《く》□《て》時雨のあめのを《お》（と）さへあらし

〔現代語訳〕

今までとは吹く様子が変って、嵐となって来た風音が激しく聞えて、時雨の雨の音さえ荒々しくなって来たよ。

〔補説〕「嵐」と「荒し」、「音」が重複して、眼前の景をそのまま詠んだと言おうか、「三―四・三―四」の下句音数律ともども、まことに無造作な詠である。

4

きを《〈ほ〉》ひくるく（も）の「　　」《にいつしか》時雨してとゞろにさは《〈わ〉》ぐひとの《をとの》けしきよ

〔現代語訳〕

我先にというように流れて来る雲と共に、早くも時雨が降って来て、大きく鳴りさわぐ音の様子の、不安なことよ。

〔語釈〕　○いつしか　早速。

〔補説〕　いわゆる「時雨」の情趣とは異なっている。専門歌人とは感覚が違うか。

5

たれか又あはれもかけんを《〈お〉》のづからかれの丶したになくきりぐ〳〵す

〔現代語訳〕

一体誰が、かわいそうにとも思ってやることだろうか。何をうったえるともなく、枯野の草の下で鳴いているこおろぎよ。

〔語釈〕　○をのづから　何とはなしに。

6

かれはて丶のこれる色もなきがうへにさもあやにくにを《〈お〉》けるしもか（な）

〔現代語訳〕

草はすっかり枯れ果てて、残った緑の色も見えないのに、何とまあひどいと思うほどびっしりと置いた霜だこと。

〔語釈〕 **○あやにく**　憎らしいと思うほど甚だしい意。

7 のべみればをか□の色ぞうちそひてそれよりほかはゆふ日なりけり

〔現代語訳〕

野のあたりを見ると、岡のほとりの色はややかげりを見せて、それ以外は一面夕日に照らされている。

〔補説〕 第二句欠字は「をかべ」であろうが、「のべ」と重複する。如何。但しこの作者は3にも見るように、語句の重複には甚だ無頓着である。

8 風たちてあはれみだるゝをざゝはら「　　　　」　　　　　　　』

〔現代語訳〕

風が吹き立って、そのために、ああ、乱れる小笹原よ。（以下欠）

〔補説〕 残存するのは本一紙のみであるが、次の七一詠草中、三紙三五首は本詠草に加え得るのではないかと考える。同詠草〔成立〕及び71〔補説〕を参照されたい。

世尊寺定成応令和歌

［　　　　］応　令和哥（七一）

［　　　　］守藤原定成

〔成立〕　全六紙。位置の欠字は七〇と同様に「前石見」であろう。詠歌年次も右と同様弘安末年、49・56に年内立春にかかわる詠があるので、この二首は弘安九年作と確定されるが、それ以外は不明。具顕・為兼百首には十首目毎に歌数表記があるが、本詠草では20に「廿」、65に「□十」の表記があるのみで、全七一首をもって終っている。この点から見ても、五十首歌巻頭八首のみの七〇詠草（恐らく歌数表記なし）が相当数混入しているものと思われる。右、年内立春二詠を本詠草に所属するものと考えれば、本来的成立の時期、動機は為兼歳暮百首に等しいとして誤りなかろう。

〔意義〕　本詠草は欠字が多く、十分な解釈ができないが、それにしても一種独特の奇抜な発想表現の歌が多い。世尊寺は書道を家業とするから、和歌は素人であってはずかしくない。それを自覚しての、ことさらに誹諧的詠風を取った一面もあるのであろうか。それは必ずしも京極派に受けつがれはしなかったが、さりとてこれを排除もせず、おそらく笑って楽しく受入れたであろう。その寛容により保存された本詠草諸作は、はるか五十年近くを経て『光厳院御集』にその反映を見得るに至る。「新風和歌」というものはいかにして成立し得るのか、そのメカニズムをさぐる一つの捨石とも言うべく、甚だ興味深い作品である。「解説」七および『光厳院御集全釈』55頁～64頁を参照されたい。

1　久かたの日は（てり）なが［　］《（らふカ）》るゆきの（しば）しとまらぬ［　　］おもふ

〔現代語訳〕日は照っていながら、しかしなお降る雪を見て、（あれが日に当ってすぐとけてしまうように）暫くも止まらず過ぎて行く「年」を思うよ。

〔補説〕不明末句は「としをしぞおもふ」と考えた。歳暮百首の総序としての挨拶の心での詠か、如何。

2　さればげにおもふもふしぎ［　］りかはりさむき［　　］によのなりわ［　］

〔現代語訳〕だから本当に、考えればふしぎだよ。いつの間にか移り変って、寒い時候に世間はなってしまうのだもの。

〔補説〕ほぼこのような意味か。三句以下では「移り変り寒き気色に世のなりわたる」と仮に解してみたが如何。「不思議」などという俗談平語的表現は独特のものである。

3　とぶとりのけしきまで冬□《（にカ）》なりにけりなき□た［　　］のあけがたのそら

〔現代語訳〕飛ぶ鳥の様子までが、いかにも冬らしくなったことだなあ。鳴きながら渡って行く雁を見る、明け方の空は。

〔補説〕第四句「なきわたるかりの」と仮に解した。

4　ふるゆきにま（つ）のたなはしうづもれて人かよふとも見えぬ山ざと

〔現代語訳〕
降る雪のために、松で作った簡単な橋もうずもれてしまって、人が行き来するとも見えない、山里の淋しさよ。
〔参考〕「途絶えして人も通はぬ棚橋は月ばかりこそ澄みわたりけれ」（金葉二〇七、輔仁親王）
〔語釈〕**○まつのたなはし**　棚橋は板を棚のように渡した簡単な橋。「松」に「待つ」を響かせ、「通ふ」と対照させるか。
〔補説〕『国家大観』全巻に「松の棚橋」の用例は見当らず、「棚橋」もごく少い。しかし本詠は全く自然な詠み口で、それなりの風情を感ずる。素人とも言い切れぬ腕前である。

5

冬の池のこほりのしたにすむいをのいかば「　」《（かりカ）》□□《（にカ）》さむくあるらん

〔現代語訳〕
冬の池の、氷の張りつめた下に住んでいる魚は、まあ、どれ位にまでか寒いことだろう。
〔語釈〕**○いを**　魚。
〔補説〕前歌から一転、独特の楽しい歌。第四句欠字は「いかばかりだに」か。このような歌を、またそれを詠む人間を排除しなかった春宮歌人グループの柔軟さが、新歌風形成の一つの要因になったかと思われる。

6

はるかなる山もとみれば「　」《（かすみカ）》（つゝ）（な）くとりさ（むし）□《（冬カ）》の山《ゆ》ふぐれ

〔現代語訳〕
はるかに遠い山のふもとあたりを見れば、ほのかに霞んではいるものの、鳴く鳥の声も寒々と聞えるよ、この冬の夕暮に。

【参考】「風さわぐ枯野の真葛立ちかへり霰玉しく冬の夕暮」（隣女集一三〇四、雅有）

【補説】「冬の夕暮」は勅撰集に用例なく、定家ら「新儀非據達磨歌」時代の歌人が集中して用いる外、雅有・伏見院等に若干見られるが、本詠草では15・24にも存する。

7 たちわたるかはせのきりのを《お》よば（ね）ば（そ）［　　］（た）ける冬のよの月

【現代語訳】

立ちこめている、川の流れの上の霧もそこまでは届かないから、（以下不明）冬の夜の月よ。

【補説】第四句の欠字は思いえない。

8 （か）ねのを《お》とのさむからんとはを《お》もは［　　］なすあけがたのほど

【現代語訳】

鐘の音そのものは寒いものだろうとは思わないのだけれど、（以下不明）明け方の時間よ。

【補説】不明部分は「思はねど（不明）思ひなす」であろうか。本来寒いはずはない「音」を心の思いなしで寒いと思う、というような趣旨か。

9 冬のそら（あ）けわたるをちをみわたせば［　　］（ふ）をの、つ（り）［　　］そ［　　］

【現代語訳】

冬の空の、一面に明けて行く遠くの景色を見渡すと、（以下不明）

【補説】下句欠字は思いえない。以下12まで同様。

10　ものごとになれわた（る）□《（けカ）》しきあ［　　　　　］の［　　　　　］

〔現代語訳〕

物毎にすっかり馴れ切った様子（以下不明）。

〔補説〕「十」の歌数表記がないが如何。25〔補説〕参照。但し本詠においては単なる不記載か。

11　こぬ□《（人カ）》をし［　　　］の月に［　　　］ひとり［　　　］とこのさむしろ

〔現代語訳〕

来てくれない人を、（不明）の月の下で（不明）一人（不明）床の敷物の冷たく淋しいこと。

〔補説〕「来ぬ人を霜夜の月に待ちわびてひとり片敷く床の狭筵」かと考えてみたが、あまりの牽強付会か。

12　いかばかりなげくらんと（もおも）ふらん［　　　　　］』

〔現代語訳〕

どんなにか歎くことだろうとも思ってくれるであろう。（以下不明）。

13　こゝろのみくだきはてゝ《てっ、》こぬ人を待よ《〈つ〉》の袖になみだこほりて

〔現代語訳〕

心一つを、くだけ切ってしまうばかりあれこれと痛めながら、来てくれない人を待っている夜の私の袖に、涙は固く氷りついている。

〔補説〕心はくだけるが、涙の氷はくだけない、という趣向。

14
冬のよのさむきあまりにねざめして身のうき事をとにもかくにも

〔現代語訳〕 冬の夜のあまりの寒さに目をさまして眠れず、我が身の不如意な事を、あれもこれもと思い続けることだ。

〔参考〕「世の中はうきものなれや人言のとにもかくにも聞え苦しき」（後撰一一七六、貫之）

〔補説〕「とにもかくにも」を末句に用いる例は珍しいが、それなりに効果的である。

15
すぎていにし秋のそのをりながめしもかくやおぼえし冬のゆふぐれ

〔現代語訳〕 過ぎ去って行った、（淋しいものと定評のある）秋のその時間に思い沈んでいた時も、こんなに身にしみて感じただろうか、この冬の夕暮の淋しさよ。

〔補説〕「冬の夕暮」については6参照。

16
月はたゞいつもおなじき影なるをさむしとみるは心なりけり

〔現代語訳〕 月はもう、いつだって同じ光なのに、それを寒いと見るのは人間の心のせいだよ。

〔補説〕「心の働き」を問題にしている点、当時の為兼の関心の影響が見られる。

17
このゆふべ人待《〈つ〉》そらぞむら時雨しばしこのさとよきてふらなん

〔現代語訳〕　この夕暮、来るはずの人を待って、空模様を心配しているんだよ。気まぐれな時雨よ、暫くはこの里をよけて降っておくれよ。

18　物おもふなみだにそらをながむればしぐるゝくもゝあはれにおぼゆ

〔現代語訳〕　物思いにくれる涙の中で、空を見上げると、時雨を降らす雲も（私と同類と思われて）親しくいとおしく感じられる。

19　ながめやる心にあたるうきぐものしぐれはやがてなみだなりけり

〔現代語訳〕　ぼんやりと眺めやっている心にふと共感を呼ぶ、はかない浮雲から降る時雨は、そのまま私の涙そのものだよ。

〔補説〕「心にあたる」は定成独特の措辞で、22にも見られる。

20　なにとなく物いふこゑも冬とおもへば冬に《の》物にぞきゝなされぬる

廿

〔現代語訳〕　何という事なく人の話し合っている声も、冬だと思うといかにも冬の物のように、気のせいで聞きとれるよ。

〔参考〕「起きてみねど霜深からし人の声の寒してふ聞くも寒き朝明け」（光厳院御集六二）「起き出でぬ閨ながら

聞く犬の声の雪におぼゆる雪の朝明け」（同八七）

〔補説〕　定成独特のユーモラスな感性。「何となく」は京極派常套句で本詠草でもやや安易に多用されているが、本詠の場合は動かぬ表現として効果的である。〔参考〕にあげた光厳院詠との、何等かの関係が考えられよう。これらの詠草が南北朝戦乱中も光厳院の配慮によって保護されていた事、その影響についての推論は「解説」七に述べた。

21

けさはことにてる日のかげものどかなれば春のきぬるとおもひやなさん

〔現代語訳〕

今朝は特別に、照らす日光ものどかな感じだから、もう春が来たのだ、と思ってみようかしら。

〔参考〕「春きぬと思ひなしぬる朝けより空も霞の色になりゆく」（玉葉五、伏見院）

〔補説〕「思ひなす」、すなわち、必ずしもそうとも限らない事を、心の働きによってそれと思い定める、というのは、京極派独自の表現である。唯識説の「識」の作用の導入と言えよう。

22

水こほりしびたるつちをふみてみればさむけきことの心にあたる

〔現代語訳〕

水が氷って、全く凍てついた土を踏んでみると、「寒い」という事が、実にまっすぐ心にぶつかって来るよ。

〔補説〕「うー、寒い!!」という、万人共通の感覚が、定成独自の感性、表現で、直截、端的に表現され、実に面白い。「しび」は「凍み→凍び」と変化したものであろう。「心にあたる」は19よりも一層効果的に用いられている。

23

なにとなくながめてすぐるゆふぐれはひかげの色も冬あはれなり

〔現代語訳〕何という事なしに、物思いつつ外景を見やって過ぎて行く夕暮は、薄れる日光の色も冬らしく身にしみて物淋しい。

〔補説〕「なにとなく」については、具顕百首（六〇）16参照。

24

ふるさとの冬のゆふぐれきてみればいとゞさびしき色をそへつゝ

〔現代語訳〕昔住んでいた故里に、冬の夕暮に来てあたりの様子を見ると、一入淋しい感じを加えて、感深く思われるよ。

〔補説〕「冬の夕暮」については6・15参照。

25

を《〈お〉》のづからを《〈お〉》とせしそはの谷水もこほりにけりな冬の山ざと　』

〔現代語訳〕（ひっそりとした風景の中にも）自然に音を響かせていた、崖沿いの谷水も、すっかり氷ってしまったのだな、この冬の山里の静けさよ。

〔語釈〕○**そは**　岨《そわ》。山の切り立った斜面。

〔補説〕『叢刊』翻刻によれば、次詠との間に「（切断アリ）」と注されている。37詠の上三句に当る部分にも同様の注がある。また26～36、37～60の二紙には、十首毎の行間歌数表記がない。この二紙、計三五首は、前掲の定成五十首断簡八首（七〇）と組合わせられるものかも知れない。

26

［ 切断アリ ］

(き)えあえ《〈へ〉》ず(つ)もれる雪にうづもれてながるるともみえぬ谷川の水

〔現代語訳〕 消えきる事ができず、積ってしまった雪にうずまって、流れるとも見えない谷川の水よ。(一体どうなるのだろう)

27

冬ふかき山のしら雪ふりつもり(風)のふきすぐかたのゝこして

〔現代語訳〕 冬も深まった山の白雪はすっかり降り積った。風の吹き過ぎたあとのしるしだけを残して。

〔補説〕 一往このように訳したが、下句不安定で未詳。何等かの誤記・誤読あるか。

28

おほかたは冬ふかき《なる(、)》夜は(か)くあれどふけ行《〈く〉》そらはいとゞさむけき

〔現代語訳〕 大体は、冬のならいとしての夜はこんなものと思うけれど、(それにしても)しん〳〵と更けて行く空は一入寒いことだ。

〔補説〕 およそ歌にはならないような、老人の独り言のような発想だが、それを平気で歌にしてしまう所が面白い。

29

いつまでもわすれがたくてお《ぞ》ぼゝ《〈ほ〉》ゆる(す)ぎぬる夜半の月のおもかげ

〔現代語訳〕

いつまでも忘れ難く思われることだよ。過ぎ去った、いつぞやの夜の、月の姿は。

〔補説〕グループの中でだけ共有する、なつかしい或る一日の思い出を、その時の風光とともに愛惜し、表現するのは、春宮グループ特有の性格であった。具顕百首45を参照されたい。恐らくは同じ一夜の思い出ではなかろうか。

30 このごろは月もながめぬ心かな夜をへ《経》ていたくしも《霜》さむくして

〔現代語訳〕

この頃は、月を眺めようともしない私の心よ。冬の夜々が重なり、ひどく霜がおりて何とも寒いものだから。

〔参考〕「霜さむき難波の芦の冬枯れに風もたまらぬこやの八重葺き」（続後拾遺四四五、伏見院）

〔補説〕「霜さむき」は参考伏見院詠が勅撰集初出。他にも用例は多くない。「夜を経ていたく霜寒くして」という言いまわしは独自で面白い。

31 松の色山のけしきも冬ふかしさびしくなれるゆふ日かげかな

〔現代語訳〕

松の色合や山の様子も冬が深まった感じだ。それにつけても淋しくなった夕日の光だなあ。

32 雪つもる山のけしきに月かげの光さしそふおもかげよ《ぞ》いかに

〔現代語訳〕

雪の積る山の風景に、更に月の光がさし加わったら、その様子はさぞやすばらしいだろうなあ、どうかしら。

〔補説〕　冬山の風致を想像しての、ちょっと変った詠。末句は「おもかげよ」の方がよさそうにも思われるが、如何。

33　ながめいだす心より成《〈る〉》さびしさを冬にしもげにおほせ（ぬる）かな

〔現代語訳〕　思い沈みながら一点を見つめている、その心から生れて来る淋しさを、冬という季節のせいだと、まあ、（不当にも）押しつけてしまったよ。

〔語釈〕　**○おほせ**　負ほせ。転嫁する意。

〔補説〕　為兼の主唱する「心」「唯識」の問題への、一つの理解が示されている。

34　めぐりくる四のい《つ》いでのをはりとて物すさまじきおもかげぞある

〔現代語訳〕　廻って来る、四つの季節の最後のものとして、（冬というものには）何とも冷厳な印象があるなあ。

〔補説〕　伊原昭「「すさまじ」――『玉葉』・『風雅』の一世界」（『源氏物語の色』二〇一四）参照。

35　なにとなく□《身》の□《ゆ》くするゑを思《〈ふ〉》まに《冬の》くれ日かげはうつりやすくぞ

〔現代語訳〕　とりとめもなく、自身の将来を考えているうちに、冬の日ざしは移り変りやすいものだなあ。（もう夕暮になってしまった）

〔補説〕「うつりやすくぞ」と終る末句は甚だ珍しい。14・30など、定成の詠法にはこうした詠みおさめ方に独自のものがある。

36

なにとなくあ《お》きてなぐさむ「日は」くれてまぎれぬ夜半のあかしかねぬる　』

〔現代語訳〕取立てた事もないが、起きていて何か慰みになるような事もある日は暮れて、気のまぎれる事もない夜中こそは、明け方までを過しかねることだよ。

〔補説〕まことに正直な生活的述懐。

37

「（切断アリ）」こほれば水の（をと）「　」

〔補説〕上句不明。下句欠字は「こほれば水のをとだにもせず」のような表現か。切断については25〔補説〕参照。

38

かくこゝにすまんと思〈ふ〉山（里）にたえ〈へ〉させじとやさるの一声

〔現代語訳〕（浮世を逃れて）こうしてここに閑居しようと思う山里であるのに、そのような淋しさに我慢できないようにしてやろうと思ってか、猿の一声がわびしく聞える。

〔参考〕「わびしらにましらな鳴きそ足引の山のかひある今日にやはあらぬ」（古今一〇六七、躬恒）

39
うつりゆく日かずのまゝのかはらねば春（し）ちかくもなりにけるかな

〔現代語訳〕
過ぎ移って行く日数に季節は従う、という状態は変らないから、（さすがに）春はまあ近くなって来たことよ。

40
なに事も人のいふよりしられけり冬と春とのいづらかはれる

〔現代語訳〕
何事も、世間の人が（冬だ、春だと）言うから、それに従って分別されるのだ。（思ってみれば）冬と春と、どこが変っているのだ。

〔補説〕散文的な発想を、平然と歌にしてしまう所、定成独特である。

41
な（も《に》）となきとりのこゑ〳〵やはらぎて春ちかげにも□くぞなし《さ》［　］

〔現代語訳〕
何鳥という事もなく鳴きかわす鳥の声々も、和やかな感じになって来て、春近くなったとおのずから聞かれることだ。

〔補説〕下句は「春ちかげにもきゝぞなさるゝ」であろう。

42
このほどのことにさむくしおぼえつる冬の日かずのふか□なれ（ば）か

〔現代語訳〕

この数日の、一入寒く思われたことよ。冬の日数が深まって来たためだろうか。
〔補説〕　第五句欠字は「ふかくなればか」であろう。

43　このゆふべむらだつ雲をうちなが（め）ふけなばゆきと□《思〈ひ〉》てぞある

〔現代語訳〕
この夕暮、群がって立つ雲をつくぐ〱眺めて、夜が更けたら雪になるんだろうなあ、と思いつついるよ。

44　なれ《（かカ）》（は）《は》て《つ》し《る》木原に《は》と《い》ま《ま》る《は（なカ）》□がめずてたゞつくぐ〱と山の葉《〈端〉》をのみ

〔現代語訳〕
すっかり枯れてしまった雑木の原はもう眺めないで、ただつくぐ〱と山の端ばかりを眺めている。
〔補説〕　この結句も定成流である。

45　しもがれの庭のこぐさのしてあをみこけはかれせぬ物に《ぞ》てありける

〔現代語訳〕
霜枯の庭の小さな草の下が青くなっている。（なるほど、草は枯れても）苔は枯れないものだったのだなあ。
〔補説〕　小さな発見の喜び。「してあをみ」は「下青み」であろう。「小草《こぐさ》」は定成の造語か。

46

うちむかふいまのながめは《ぞ》いとさびし松にゆふ日のかげうつろひて

〔現代語訳〕

向い合っている、今の眺めこそは本当に淋しいよ。松に夕日の光が力なく映っていて。

47

月花のおもかげぞあへる《（ママ）》夜の（と）山の嶺雪《〈ママ〉》のけしきは

〔現代語訳〕

月と花の面影が（雪と）合体したようだ。（深い？）夜の、近い山の嶺に雪の積った景色は。

〔補説〕二～四句は仮に「面影ぞ合へる深き夜の外山の嶺の」と考えて解した。白々と積った雪に、同じく白い月光と花とを連想した雪月花の趣向か、如何。

48

吹《〈き〉》ある丶嵐《風》にこずゑはを《〈お〉》ち《〈散〉》丶りて木の（葉）につもる雪のを《〈お〉》もかげ　』

〔現代語訳〕

吹き荒れる風のために、梢にあったのはすっかり落ち散って、その木の葉の積り方に、同様に降り積る雪の面影がしのばれる。

〔補説〕ほぼこのような意味であろうか。右二首など、いささか趣向に窮した形。

49

（け）ふより□《（はカ）》（はるの）〔　　　〕めの〔　　　〕を〔　　　〕

〔補説〕以下52まで解読不能であるが、本詠の初・二句は年内立春を示すと思われ、56ともども弘安九年閏十二月十五日立春詠と推測される。七〇〔成立〕参照。

50　［　　　　　　］（あり）［　　　　　　］（き）［　　　　　　］

51　おもひ［　　　　　　］からに（や）鳥の（ね）の［　　　　　　］春（の）を《〈お〉》と（す）□

〔補説〕　上句は「思ひなす心からにや鳥の音の」、末句は「春の音する」であろうか。さすればこれも年内立春詠と言えるが、あまりの臆測か。

52　［　　］（しふく）な［　　　　　　］行まゝに［時雨する□］のけしきの［　　　　　　］みゆる

〔補説〕　欠字のため解釈不能。

53　□《（いカ）》かなれば□《（氷カ）》（の）そこにあるうをも［　　　　　　］にのみとあつまりてある

〔現代語訳〕　一体どういうわけで、氷の底にいる魚も、［　　　　　　］にばかり集っているのだろう。

〔補説〕　定成らしく面白い発想だが、第四句不明のため解釈不能。甚だ残念である。

54　（木）の葉なき冬け《〈ママ〉》しきにこめられて□のみぎはの［　　　　　　］しくみゆ

〔現代語訳〕

木の葉一つない、冬の景色に包みこまれてしまって、池の汀が［　］しく見える。

〔**補説**〕第二句は「冬のけしき」、第四句欠字は「池」であろうが、第五句欠字は思いえない。

55

□《冬カ》は（ふかく）水はあし《さ》くしてなか嶋に（も）のさ（び）しくもさぎこそたてれ

〔**現代語訳**〕冬は深く、（対照的に）池の水は浅くて、中島に、いかにも淋しそうに鷺が立っているよ。

56

きのふけふゆきかう《〈ふ〉》としの《と》人はいえ《〈へ〉》ど冬春［　］も思わ《〈ひ〉》かれず

〔**現代語訳**〕昨日今日で行き違う年、すなわち今日が立春で昨日が旧年の暮だと人は言うけれど、（こんなに雪が積って寒くては）冬とも春とも判断できないよ。

〔**補説**〕「昨日今日行き交ふ年」すなわち年内立春である。第四句は「冬春としも」であろう。49〔補説〕参照。

57

冬の□《□》いたれるほどのしられつゝ（折）ならぬ□□もこほりてぞ見ゆる

〔**現代語訳**〕冬の□の行きわたった事が納得されるように、その折ではない□□も氷ったように見える。

58

（ひ）かさし［　］しき嶺に［　］り［　］すこし［　］

〔**補説**〕欠字を思いえないので満足な解釈ができない。初句はあるいは「冬の心」か。

〔補説〕 解釈不能。

59

□（く）れよりみぞれに（成）《まじり（て）》て雪に成は［　　］冬の日かずしられ□

〔現代語訳〕

時雨から、霙《みぞれ》がまじって来てやがて雪になるので、［　　］冬の日数のどれ程たったか知られることだ。

〔補説〕 初句欠字は「し」、末句欠字は「て」であろう。「成は」は「なるは」か「なれば」か不明。第四句は「積れる冬の」か。

60

紅葉ばのあらしにたえ《〈へ〉》ずみえし［　］（む）《む》［　　］《なし》ねのを《〈お〉》とばかりして　』

〔現代語訳〕

紅葉の葉が、嵐に堪え切れず散ると見えた後は、空しく鐘の音が聞えるばかりだ。

〔補説〕 欠字は「のちはむなしきかねの」と考えて仮に訳した。

61

おもふこと（す）びつの（は）□《〈ひ〉》やし□《〈り〉》（ぬ）［　　］《（なカ）》ひばし《〈火箸〉》をふでに［　　］《（なカ）》りにけり

〔現代語訳〕

心に思う事を、炭櫃の灰は承知しているだろうか。火箸を筆にして（以下不明）

〔補説〕 火鉢（炭櫃）が暖房具の中心であった昭和前半期まで、心に屈託のある時、火箸で灰の上に何か書きすさぶ、という事は、誰もが無意識のうちにする、自然の手すさびであった。その情景、心理を巧みに描いた稀な一首。

上句の欠字は『叢刊』（なか）とするが、恐らくは「ら」で、「灰や知りぬらん」であろう。末句の想定し得ないのが残念である。

62
ゆふ（け）ぶ（りた）「　」《つるカ》「　　」てもさびしきは人めまれなるをの丶（す）みかは

【現代語訳】
夕方の炊事の煙を細々と立てるのを、余所目に見ても淋しいのは、人の往来もほとんど無い、小野の里の住居であるよ。

【語釈】　○小野　山城の歌枕。京都市大原周辺。炭窯の煙が有名。

【補説】　二・三句欠字は「立つるを見ても淋しきは」であろう。末句は「住みかは」ではなく「すみがま」か。それなら「煙」は炭焼く煙。

63
松しげき□のすその丶冬がれをを《お》しこめてみればにしきなりけり

【現代語訳】
松の多く茂った山の裾野の、冬枯の風景を、強いてよく鑑賞してみれば、これも色とりどりの錦であるよ。

【補説】　欠字は「山」であろう。冬枯といってもよく見ればその中には様々の色調がある事をいったものか。

64
この（さ）とをたれかはとはん冬のきて水のを《お》とだにたえはて□《ぬ》れば

【現代語訳】

この山里を、一体誰がたずねてくれるだろうか。冬が来て（わずかに訪れていた）水の音さえ（氷りついて）全く聞えなくなってしまったんだもの。

65

あさゆふのさむきあらしにむかひつ、さすがなれぬるなか□□《（たカ）》のみち

（□十）

〔現代語訳〕

朝夕の、寒い嵐に立ち向いながらも歩くよ。遠いといっても通いなれた、岩倉長谷への道を。

〔語釈〕 ○なか□□《（たカ）》 「ながたに」であろう。京都市左京区岩倉長谷町《ながたに》。洛北の山里であるが、円融天皇御願寺、大雲寺観音院があり、貴紳の別邸も多く営まれていた。その関係で作者も屢ば往復したものであろう。

〔補説〕 本詠に、「□十」の歌数表記があるので、61〜71の最終一紙は、「廿」の歌数表記ある1〜25の二紙と共に本来の七一懐紙（おそらく弘安九年閏十二月歳暮百首）の一部と推測される。

66

つ□《（とカ）》にを《〈起〉》（き）よはにいねたる冬の心あま□《□》き君が御代にあられめ

〔現代語訳〕

早朝に起き、夜半にようやく寝る、そのように冬にもかかわらず公務に精励する私の心よ。恵みを広く与えられる我が君の御代においてこそ、このように奉仕できるのであろう。

〔補説〕 第四句は「あまねき君が」。婉曲な春宮予祝であろう。

67

いつかげに春を待《〈つ〉》ともうれしからんを《〈お〉》なじうき（身）に冬を（かさ）ねても

〔現代語訳〕ああ、いつになったら本当に、春を待つ事も嬉しく思えるだろうか。今と同様の不運な身に多くの冬を重ねながら。

68

（い）く返《〈り〉》冬の心にもれずあひて［　］き（ふ）す（ま）をさむしともみん

〔現代語訳〕一体何回、冬の持つ特性に直接向いあって、厚い蒲団をも寒いと見ることだろう。

〔補説〕難解で、試みに訳したにすぎない。第四句欠字は「あつきふすまを」であろう。

69

さらばいざ冬の（心）□《（とカ）》おもひあひてさむきはよその物□《（とカ）》もおもはじ

〔現代語訳〕ああそれではもう、これは冬の持つ本質だと納得して、寒いのは不愉快な余計なものとも思うまいよ。

〔参考〕「寒くなる冬の心の空に満ちて雪ともなりて降るにやあるらん」（伏見院御集一四九七）「霜雪につれなき松の冬の心底にこたへて寒き色見ゆ」（同一五三〇）

〔補説〕前二首を反転して、冬を容認し受入れる。「冬の心」は為兼・伏見院とも通ずる京極派特異表現。

70

おもはずと冬はあはれめひとりぬるとこあたゝ［　］人□《（ヌカ）》もなし

〔現代語訳〕

そんなに私の為を思ってくれなくてもいいから、冬よ、せめてかわいそうと思っておくれ。一人淋しく寝る床を、温めてくれる人なんてまるでないんだからね。

〔語釈〕 ○**おもはずと** 「思はずとも」の意。

〔補説〕 第四句欠字は「床あた〻むる」であろう。

71

さむけれどこゝろのうちのこほらばやむすぼゝれ□《（ずカ）》てな（みだを《〈落〉》つらん）

「切断アリ」　』

〔現代語訳〕

寒いけれど、心の中まで氷りつくだろうか。そうは行かない。凍てついてしまわないで、涙はやはり落ちるようだ。

〔参考〕 「春来れば柳の糸もとけにけりむすぼほれたる我が心かな」（拾遺八一四、読人しらず）「下紐のなほとけがたき思ひゆゑ我のみ心むすぼほれつゝ」（伏見院御集一六七七）

〔補説〕 「心が結ぼほれる」という表現は珍しくないが、この歌は一風変っていて、しかも実感あり、面白い。次に切断があり、本詠草はこれで終る。結局、1〜12は巻頭、13〜25、61〜71の二紙は歌数表記があるので、計三六首は確実に七一詠草に属する百首歌の一部であり、26〜36、37〜48、49〜60の三紙計三五首はいずれも十首以上でありながら歌数表記がないので、七〇詠草の八首と合計四三首、歳暮五十首歌となるのではないかと思われる。

西園寺実兼五十首断簡

詠五十首和歌当座（六四）

大夫藤原実兼

〔作者〕 実兼は太政大臣藤原公相男、西園寺。従一位太政大臣。建長元〜元亨二年（一二四九〜一三二二）74。正安元年（一二九九）51出家、法名空性。伏見院近臣、為兼庇護者として出発したが、関東申次の立場で両皇統の間を斡旋、後年為兼と対立してこれを土佐に配流する。伏見院中宮永福門院・亀山院后昭訓門院・後醍醐院中宮後京極院の父。『玉葉集』六〇首・『風雅集』一七首入集。

〔成立〕 全一紙。五十首中春五首のみの断簡。「大夫」の位署により、建治元〜弘安十年（一二七五〜八七）の間、春宮大夫期の詠と知られる。他作者詠とくらべ、詠み口は伝統詠に近く温和であるが、句あしらいに為兼風の新奇さがほの見えるので、弘安末年（30歳代後半）詠かと推定、それ以上の位置付けはできないので、伏見院践祚直前かと思われる六九号詠草の前に置いた。弘安五年（一二八二）詠で京極派には属さないと見て「補遺」にまわした「中御門為方五十首」（六一）とは歌題が異なり、別機会の作であろう。

春十首

早春

1　あさと〈朝戸〉あくるそらのけし《き》やはるならんかすむとはなしにのどけくみゆる

〔現代語訳〕朝、戸を明けて見る空の様子は春になったようだ。霞むというのでもないが、何となくのどかな感じがする。

〔参考〕「朝戸明けて眺めやすらん棚機は厭かぬ別れの空を恋ひつゝ」（後撰二四九、貫之）

〔語釈〕**○あさとあくる**　朝、戸を明けた時。

〔補説〕奇もないおだやかな詠み口だが、一・四句字余り、五句の四―三の不安定さなど、為兼風がほの見える。第二句「き」は『叢刊』本行とするが、写真所見により改めた。

霞

2　山に入〈る〉春び〈日〉のかげのにほへるはかすみの［　　］花やさくらん

〔現代語訳〕山の向うに沈もうとする春の太陽の光が、ほんのりと紅を帯びているのは、きっと霞の中に花が咲いているからだろう。

〔補説〕「にほへる」が京極派好み。第四句欠字は「かすみのうちに」であろう。

梅

3　こゝにちるを雪かとおもへばかたおか〈を〉のそばなるむ〈う〉めを風のふきける

〔現代語訳〕

ここに散って来る白いものを、雪かと思ったら、あそこの小さな岡のすみっこに咲いている梅の花びらを、風が吹いてよこしたんだよ。

〔補説〕ごくおとなしい小景ながら、巧みな言いまわしである。

4 鶯

わがやどのむ《〈う〉》めにこづ《〈木伝〉》たふうぐひすのこゑむ《〈う〉》もれたり春さむからし

〔現代語訳〕私の家の梅に枝移りしている鶯の声が何だかくぐもっている。春といってもまだ寒いからかなあ。

〔補説〕下句、「二―五・二―五」の音数律も不安定ながら一つの試みではあろう。

5 春月

みねとを《〈ほ〉》き霞のうへのなかぞらにのこれる月よあけてはいかに　』

〔現代語訳〕峰のはるか彼方、霞の上の空高く、残っている月よ、夜が明けたらどうするつもりかい。

〔補説〕五首中最も新味ある詠。月に問いかけるような詠みぶりは、為兼歳暮百首の43「寂しげの庭の薄の霜の上や年の暮をもいかにか思ふ」とも共通し、下句「四―三・四―三」の音数律も新しい。

京極為兼和歌詠草 1

和歌詠草（六九）

【作者・成立】 署名はないが、筆跡は六九号詠草とともに為兼のものと認定され、内容から見て、春宮熙仁の践祚を神に祈る趣旨の甚だ露骨にあらわれたもので、その実現がかなり有望となった弘安末年の詠か。奉献した神社は未詳。六七号詠草との関連からして、恐らくは賀茂神社か。伊勢皇大神宮はあまりに遠く、石清水八幡は源氏の祖神ゆえ如何。神仏との霊感交流を信ずる為兼（「解説」六参照）の特異な性格、心情を示す詠である。

1

を《お》しむくる心はよもにちがはじを神もいかにか《も》あはれたるらん

【現代語訳】

（皇統を嫡流春宮へと）希望する心は、あらゆる点から見てよもや間違いではあるまいものを、（それをみそなわす）神もどんなにしてでも、慈悲をもってこれを擁護して下さることだろう。

【語釈】 **○をしむくる** 念願して希望の方向に向ける。**○よもに** 四方に。どこから見ても。「よもや」をかけるであろう。**○いかにか《も》** 「いかにか」ならば「どんなにか」。「も」と改訂する事により、確信をあらわす。

2 あるべきまゝにいたらざらむをもとくいたしはてゝあるべきまゝに君のよとなせ

【現代語訳】（長子相続という原理の）当然あるべきままに、困難であろう事も早く完全に実現させて、原則の通りに我が君の治世として下さい。

【補説】「至ら」は「行き着く、達する」意。「致し」は「行き着かせる」意。「あるべきまゝに」の繰返し、上三句の異常な字余りと共に、念願の強さを強調し、神に迫る。以下各詠、同趣の字余りに注意されたい。

3 君をいのるそれよりよも〈四方〉のゆたかならん心〳〵をおもふもよろこばし

【現代語訳】我が君の践祚を祈るにつけ、その実現以降、四方の人民の生活がさぞや豊かになるであろう、その時の人々の心を予想するだに、まことに喜ばしい事です。

4 君の心世にゆるさるゝ時いたりなばくるしとおもふ事までもあらじ

【現代語訳】我こそは正統長嫡の天子であると思召す我が君の御心が世に許され、践祚される時が来たならば、今私が感じているような、苦しいと思う事など、何一つなくなることでしょう。

5 まさに神あはれとぞみらんいまこゝにいづる心をたむけいるゝを

〔現代語訳〕まことに神も、いとおしいものと見て下さるでしょう。今ここに、本当の真心から出る願いを、お供え物として神に奉納申し上げるのを。

〔語釈〕〇みらん　見らん。照覧されるであろう。

6

神のちかひ《こゝろ》はうろなるをだにもらさじのちかひしあればましてやたのもし　』

〔現代語訳〕

神の御心は、煩悩にとらわれた凡夫をさえも漏らさず救おうとの誓いを立てておられるのだから、ましてや（誠心誠意春宮の御為、世の為に願う）私の祈りは聞き入れて下さるだろうと、まことに頼もしいことだ。

〔語釈〕〇うろ　有漏。仏語で、煩悩を有する者。無漏（煩悩から解脱した者）の対。

〔補説〕春宮の人柄に全く傾倒していた為兼として、以上のように願うのはまことに正直な所であったであろう。但しその裏には春宮踐祚がなければ為兼の勅撰撰者もあり得ないのだから、この願旨も無漏とばかりは言い切れないのであるが、彼にとっては春宮踐祚と勅撰拝命は一体の希望であり、その間に矛盾などは想定しなかったであろう。

和歌詠草（六七）

〔作者・成立〕　これも六九号詠草と同じく為兼筆と認められる。本文六首の他に、料紙右端に袖書として一首が、二字下げ二行に書かれている。詠歌内容全体から見て、おそらく玉葉集撰者に定まるよりはるかに早い或る時期に、賀茂神社に参詣し、そこで将来勅撰撰者たるべしという夢告を得て、感銘して詠じ、当社に捧げたものと思われる。伏見天皇践祚により、勅撰撰者たるべき希望の現実性を帯びた頃の詠かと思われるので、六九号詠よりは後の成立と考え、『叢刊』の排列番号にかかわらずここに排列した。なお、3・6詠は重複している。

1
（袖書）
うるところなきがうへなるかたちして人をみちびくみちぞかしこき

〔現代語訳〕
賀茂の大神が、「うるところなきがうへなる」形をあらわして、人を導いて下さる、その道こそ尊くありがたい事であります。

〔補説〕　上二句、祭神をたたえる意であろうが解釈不能。示教を乞う。以下七首を詠み終えたのち、神への感謝の意をもって書き加えた一首と思われる。

2 お《〈を〉》りしもあれこのやしろにてえらぶべき身とそなはれるみちをしぞ思ふ

〔現代語訳〕 折も折とて、この御社に参詣し、神告によって勅撰撰者たるべく約束されていたという事を知り、家に伝わる歌道に深く思いを致すことだ。

〔補説〕 これが、約二十五年、政争・佐渡流謫・新歌風確立・撰者論争を経て『玉葉集』奏覧に至る、彼の闘いの原点であった。

3 うへもなきみのりのみちにをしへいれてたまひろふ身といまもなしぬる

〔現代語訳〕 これ以上ない、神の定められた道に教え導いて下さったお力により、（歌道家末裔の身ながら）言葉の玉を拾う身となると、今、眼前にお示し下さったのだなあ。

〔補説〕 6と重複するが、本詠草の様相を見るに、これは感銘のおもむくままに思わずも書きつけた草稿で、その感銘の最深のものとして、重複にも気づかず書き下したものかと思われる。「玉拾ふ」は撰歌につきものの言葉ではあるが、ここに在来の勅撰集名とは趣を異にし、後に『歌苑連署事書』の非難を浴びた『玉葉集』命名の根拠を見出す事ができよう。

4 我《〈が〉》みちをこのやしろにてひらくにぞ神にちぎりも思ひしりぬる

〔現代語訳〕 我が道、歌道の将来を、この社において聞くこととなったにつけても、それは実は神との深い契りによるものであった事を、つく〴〵と思い知ったよ。

5 ふかきみちはかものやしろにありけ（りと）ことにふれてぞ思ひあはする

【現代語訳】 和歌の真に深い道は、賀茂の社にこそ存在したのだと、様々の奇瑞にふれて思い合せることよ。

6 うへもなきみのりのみちにをしへいれてたまひろふ身といまもなしぬる

【補説】 3参照。

7 いのりこふ心のまわ〈は〉るそのまゝになるべきゆめのつげぞうれしき

【現代語訳】（勅撰撰者になりたいと）祈り願う、その心が様々に思いめぐらす、実にそのままに、成就するであろうと予言された夢のお告げの、何と嬉しいことであろうか。

【補説】 本詠草成立の由来を明瞭に明かす一首。

8 よくかなひふかくお〈を〉さまるめぐみをばたゞこゝになすかものみづがき』

【現代語訳】（真心をもって願う事が）必ず叶い、深部から安定するという恩恵を、ただここに、目の前に見せて下さる賀茂神社の、尊くもめぐらした玉垣、その聖域のありがたさよ。

〔**補説**〕以上、夢告への感銘の生き〳〵と躍るような詠草である。あらゆる障碍を越えて『玉葉集』撰進を果した為兼のエネルギーの源泉がここにある。

看聞日記紙背和歌補遺

『図書寮叢刊　看聞日記背文書・別記』中には、なお当代詠草三種が掲げられている。これらは揺籃期作品群とみなすべく、やや不適切と思われるので、注釈としては取りあげなかった。しかしそれぞれに意義を持つ資料と思われるので、簡略に掲げ、解説を加えておく。

中御門為方詠五十首和歌懐紙（六一）

「詠五十首和歌自亥半始之丑半詠之　大進藤原為方」と端作りする五十首。「亥の半ばから丑の半ばまでに詠んだ」とあるから、午後十一時から翌午前三時まで、四時間に五十首、一首所要時間五分足らず。歌道家ならぬ普通の廷臣でも、歌題を与えられれば伝統歌風ならこの程度の作をこの程度の速度で詠めた、という、一つの目安にもなろうか。春十・夏五・秋十・冬五・恋十・雑十、各三字題の整然たる構成で、巻頭歌、

1
　立春霞
［　］〳〵とあくるまちける山の葉《端》にはるやを《お》そきとたつかすみかな

をはじめ、すべて二条派的な無難な詠み口であり、具顕ら前掲諸作とは性格を異にする。巻軸歌に、

50
社頭祝
このふゆぞかすがの山のさ(か)〈榊〉木葉も君が[　　]《あがめに》猶さかゆべき

とあるところから、弘安四年（一二八一）十月六日、社領回復愁訴のため入京した春日神木が、五年十二月二十一日、裁許を得て無事帰座した事を祝う詠である事が明らかとなる。すなわち具顕・為兼百首成立の弘安九年をはるか遡る作である。

為方は権大納言経任男、建長七～徳治元年（一二五五～一三〇六）52。正二位権中納言に至る。建治二年（一二七六）春宮大進となり、弘安三年（一二八〇）『春のみやまぢ』では鞠・和歌・時鳥の初音の勝負に、また『弘安源氏論議』では具顕の相手方として登場するなど、春宮近臣の一人ではある。しかし歌人としては『新後撰』三、『玉葉』一、『続千載』二、『続後拾遺』一、『新千載』一の計八首入集のみ、歌風も伝統二条派風、

　とふ人もなくて日数ぞつもりぬる庭に跡みぬやどの白雪　（玉葉、九八二）

の如くで、京極派歌人とは言い難いので翻刻・注釈は省略した。

五辻親氏・釈空性　法皇御方和歌懐紙写（詠三首二種）（六六）

法皇御方
詠三首和歌
左中将親氏

1 うきてゆく雲のまゝなるむらしぐれたがいつ《（ママ）》くりとはれくもるらん
2 池水のこほりのかゞみくもらねば月ぞかさねてかげみがきける
3 としへつるおなじねざしのにはの松このやどりこそよゝにかはらぬ

詠三首和歌　　空性

4 ながめつゝいたづらにのみふるさとのしぐれはけふのなさけなりけり

5 木の葉ちる人なき山にさよふけて月さへいたくさびしかりける

6 世にはまたかゝるあともやまれならんひとかたならぬけふのみゆきは』

本詠草は西園寺実兼（空性）筆と認められる。親氏は参議五辻宗親男、生年未詳～正和元年（一三一二）。非参議正三位に至る。左中将在任期間は正応四年十月廿九日～嘉元元年十月廿九日（一二九一～一三〇三）。但し親氏には歌事なく、「法皇御方」すなわち後深草院（正応三年〈一二九〇〉出家）の隠名である。空性は実兼の法名で、正安元年（一二九九）六月出家以降の称。両者の詠によって、某年晩秋、後深草生母大宮院の里第である西園寺北山第に御幸、「同じ根ざし」すなわち従兄弟関係にある実兼との親和とこれに対する謝意をこめて詠み交わしたものと知られる。彼此勘案して正安嘉元の交の詠か。『嘉元元年伏見院三十首歌』二首、『玉葉集』一首以外、公的詠歌事跡のほとんど残らない後深草院の作として貴重である。なお1の第四句、『叢刊』翻刻「たかいつくり《(ママ)》」とするが、歌言葉として「たがいつはり」が妥当であろう。「ハ」と「く」との見誤りと思われる。

和歌詠草断簡（六八）

1 「　」《(廿カ)》この山のゆきゝはなれぬかすがのやわけえぬみちのしるべと*をなれ

2 □一（廿カ）［　］のべのむしみ山のをじか月のかげき、みるうちはまだ秋にして

3 □二（廿カ）［　］庭はのべのきば、山のやどのなさけ*みやこにかはるあはれをぞみる

4 ［　］すみきけん人やいづくぞこの山の《山かげ》《おく山の》山さとの月はその世*のかげもかはらじ（全句抹消）

5 ［　］たづねくる《かよひくる》ゆき、の道*もかさなり**ぬ名だかき山のてらをたづねて

6 □五（廿カ）山かげや神のみまへに月すみてうたふやほしのこゑもさやけし

聞礼時

7 山でらのゆふぐれすごきのりのこゑにひゞきをかはす入あひのかね　』

本断簡も（六六）同様、実兼筆と認定されている。『叢刊』翻刻には誤認がやや多く認められるので、＊を附して写真所見により訂正した。次の通りである。

1　ともかな↓とをなれ

3　やとのかけ↓やとのなさけ

4　月はこの世の↓月はその世の

5　猶もかさならぬ↓道もかさなりぬ

内容的には、5「名高き山の寺」、すなわち明恵上人中興の栂尾高山寺と、その鎮守なる春日明神に参詣の折の

ものと推定される。同寺への信仰は持明院統と西園寺家において特に篤く、同寺金堂の本尊盧舎那仏は実兼の曽祖父公経の沙汰により安置されたし、伏見院は崩前自らの木像を同寺に納めて永代供養を命じた。また南都春日神社は遠路参詣をためらわれ、これに代って右鎮守に詣でるという便もあった。1詠によれば、当時春日野は実兼にとり未だ「分け得ぬ道」であり、その代りとして当寺鎮守に詣でたと見られるから、彼としては比較的早い時機の詠と考えられ、2・3詠の並列的（双貫）句法、7詠の「夕暮すごき」の措辞等に、京極派的特色がうかがわれる。なお詳しくは『京極派和歌の研究』42頁以下を参照されたい。

解説

鎌倉末期、皇統と、歌道師範家と、二つの伝統家系に顕著な分裂対立が起り、皇統のそれが南北朝の争いになだれ込む一方で、歌道師範家のそれは勅撰集の撰者争いにからんで皇統対立と結びつき、持明院統＝京極派、大覚寺統＝二条派という、革新と保守との抗争の結果、『玉葉集』『風雅集』に結実する京極派新歌風を創出した。本注釈はその最初期作品を詳細に考察する事により、或る思想的主張をもって未知の新歌風生成に挑んだグループの足跡、そのエネルギーの根源をさぐる試みである。文学として見るに耐えぬ、拙劣不可解な作品も多々あるが、それらがなぜ笑殺され湮滅する事なく保存され伝えられたのか。その次代への影響は如何。古典文学として珍しい、グループによる革新的創造実験の記録として、これを見、考えていただきたい。

一、緒言

かつて、小著『京極派歌人の研究』9頁以下において、京極派和歌活動の時期区分を次のように設定した。

揺籃期　弘安三年〜弘安十年（一二八〇〜八七）八年間
前　期　正応元年〜元弘二年（一二八八〜一三三二）四五年間
後　期　元弘三年〜観応三年（一三三三〜五二）二〇年間
残照期　文和二年〜応安四年（一三五三〜七一）一九年間

このうち、前期（玉葉集時代）・後期（風雅集時代）には諸家により多くの研究が重ねられ、また残照期については井上宗雄『中世歌壇史の研究南北朝期』（一九六五）第三編第七章「文和・延文期の歌壇」に、歌壇史的に詳細な考察が行われている。しかし揺籃期については、右小著第一章「揺籃期の歌人」以降格別の研究を見ず、また総計五百余首に及ぶ同期作品群についても、すでに活字化、また影印化されていながら、必ずしも入手繙読しやすい状態ではない。更に作品としては大多数が幼稚、拙劣、中には意味不明と思われるものすらあり、小著に試みた若干の論以外にはほとんど言及されるところがない状態で今日に至っている。

しかし、或る文化が発達洗練の極点まで達し、その路線での進化が行きづまった時は、蛮勇をもってこれを破壊し、非難嘲笑を恐れず、新天地開拓に向う以外には方法がない。新古今前夜、定家・家隆・慈円らが、「新儀非拠達磨歌」と難ぜられつつ新風への道を開拓した経緯は、久保田淳『新古今歌人の研究』（一九七三）540頁以下に詳細に考察されている。それとは規模・文学性においてはるかに劣るとは言え、京極派研究に当って、これら揺籃期歌群を等閑視する事はできないであろう。

幸いに近年、弘安三年頃、春宮時代の伏見院詠集成と目される『春宮《伏見院》御集』が発見報告され、これに既知の『弘安八年四月歌合』および弘安九・十年頃の為兼ら春宮側近者の詠草群（『図書寮叢刊　看聞日記紙背文書』〈一九六五〉所収）を並せて、総計五百余首にのぼる歌群を見渡し得るに至った。後年二条派勅撰集を飾った古典的秀作、玉葉風雅を先取りした繊細な自然詠、更にあるいは難解、あるいは平凡、拙劣滑稽ですらあるこれら諸作から、京極派の新歌風は生れるのである。その過程の、更に高度な研究を願って、すべて公刊されていながら必ずしも触目考察に便ではないこれら詠歌資料を一冊に集成し、私に注釈を試みた。今後活用の機があれば幸いである。

なお、筆の及ばなかった部分については、小著『京極派歌人の研究』『京極派和歌の研究』『光厳院御集全釈』を参照されたい。

二、歌道家の対立

華麗な新古今時代が終り、歌壇は守成期に入った。詠歌は創作活動であるよりも宮廷公事と化し、廷臣である以上、歌才の有無にかかわらず、時、折節に相応する無難な伝統的詠歌を行う事が求められた。歌道宗家を継承する藤原定家男、為家は、古典を範とした規格正しい詠歌法を指導し、和歌宗匠として権威を持った。その子孫の系譜を示す。

歌道家系図

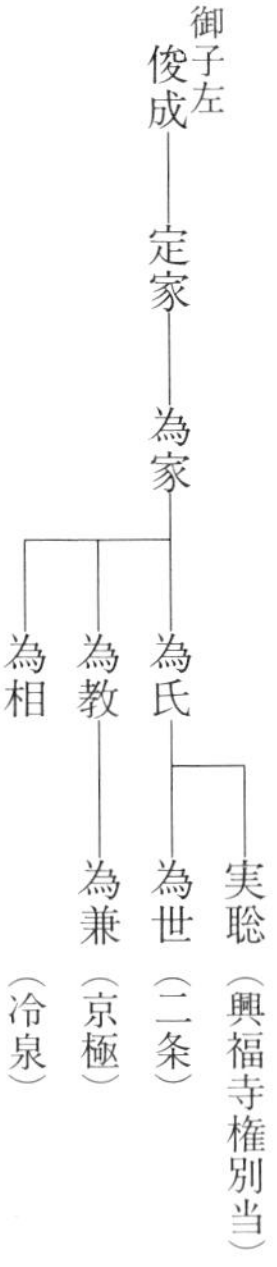

嫡子為氏が宗匠の地位を継ぎ、はるか晩年に阿仏の腹に設けた、為世・為兼より年少の三男為相は、後年関東歌壇に指導者の地歩を築いた。次男為教は為氏と同腹、5歳の弟であるが、兄弟不和、歌才も兄より劣り、為氏撰『続拾遺集』の撰歌につき、兄を恨みつつ弘安二年（一二七九）に没した。ここに二条・京極両家の確執は胚胎し、次代為世・為兼に至って決定的な対立を現出するのである。

宗匠為家の歌風は、一般に平明温雅、平淡美と称せられ、「制詞」による表現の制約など、保守的古典主義とのみ理解されている。しかし彼は、真に「新たなるもの」であれば、その創造・発表を肯定し、奨励し、自ら実践もしている事は、小著『藤原為家勅撰集詠　詠歌一躰　新注』（二〇一〇）に詳説したので参照されたい。今、『詠歌一躰』に強調するその要点をのみ摘記する。

和歌を詠ずる事、必ず才学によらず、只、心より起れる事。（総論）

今も珍しき事ども出で来て昔の跡にかはり、一節にても此のついでに言ひ出でつべからむには、様に従ひて必ず詠むべきなり。（題をよくよく心得べき事）

題も同じ題、心も同じ心、句の据ゑ所も変らで、いささか詞を添へたるは、古物にてこそあれ、何の見所かあるべき。……すべて、新しく案じ出だしたらむには過ぐべからず。（古歌を取る事）

歌は、珍しく案じ出だして、我が物と持つべし、と申すなり。（結語）

かつ彼自身、勅撰集的な制約のない『新撰六帖題和歌』では、「誹諧ただ詞」と非難される事を恐れず、

世にもらば誰が身もあらじ忘れねよ恋ふなよ夢ぞ今を限りに　（一五六三、口固む、玉葉一五一九）

のような奇矯な表現を多々試みているのである。歌道宗家の古典主義に反抗した為兼の新歌風創造の基底には、為家のこの教えが深く根を下ろしていたものと考えられる。

為家の最晩年、文永七年（一二七〇）、為兼17歳以後、その家に「連々同宿」して学び、九年秋には姉為子と共に三代集を伝受、またその病床に侍して歌を代筆した（延慶両卿訴陳状・伊達本古今和歌集奥書・玉葉集）などの親昵ぶりは、井上宗雄『京極為兼』（吉川弘文館人物叢書、二〇〇六）に詳しい。

三、皇統の対立

折から、皇室にも二皇統対立が生じていた。承久の乱後、鎌倉幕府は乱に関係のなかった守貞親王（高倉[80]天皇第二皇子、後高倉院）の皇子後堀河[86]天皇、その皇子四条[87]天皇を擁立したが、いずれも夭折。執権北条泰時は新帝候補二皇子のうち、承久の乱に積極的であった順徳[84]院皇子を斥けて、中立的立場にあった土御門[83]院皇子、後嵯峨[88]天皇を立てた。以後の皇位、実際の治世者、ならびに春宮擁立の経過を一望すべく、系図・年表をもって示す。

皇統系図

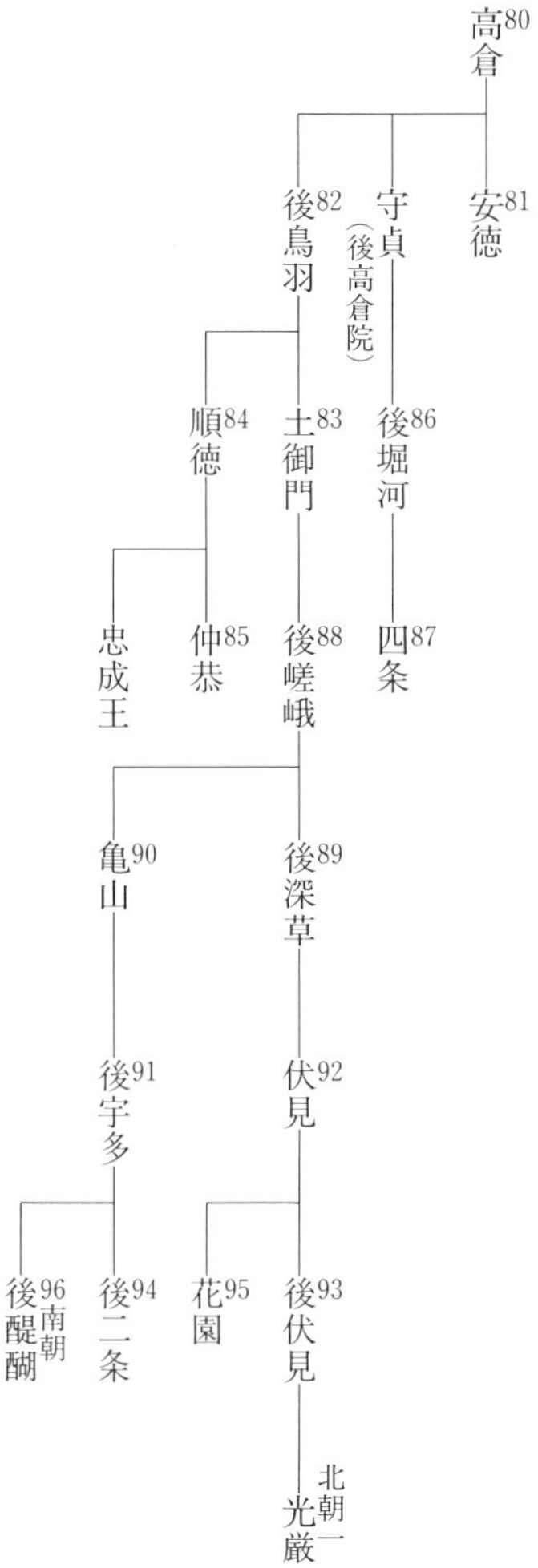

皇位・治世者関係年表

天皇	治世者	年号	西暦	事項
後嵯峨	後嵯峨	仁治三	一二四二	正月、四条崩（12）、後嵯峨践祚（23）
		寛元元	一二四三	八月、後深草立坊（1）
後深草		四	一二四六	正月、後深草践祚（4）、後嵯峨院政（27）
		正嘉二	一二五八	八月、亀山立坊（10）
亀山		正元元	一二五九	十一月、亀山践祚（11）
		文永二	一二六五	四月、伏見誕生（1）
		五	一二六八	八月、後宇多立坊（2）
	亀山	九	一二七二	二月、後嵯峨崩（53）亀山親政（24）
後宇多		一一	一二七四	正月、後宇多践祚（8）亀山院政（26）
		建治元	一二七五	四月、後深草、出家を表明（33）、十月、伏見立坊（11）
伏見	後深草	弘安一〇	一二八七	十月、伏見践祚（23）後深草院政（45）
		正応二	一二八九	四月、後伏見立坊（2）
	伏見	三	一二九〇	二月、後深草出家（48）伏見親政（26）

後嵯峨院は親政五年の後、長子後深草（4）に譲位して院政を開始したが、後深草が16歳に達すると、同腹の次子亀山（11）を春宮に立て、翌年これに譲位せしめてなお院政を継続した。後深草自身に格別の問題はなく、成年天皇の在位を忌避する院政永続策に、父院の次子偏愛が重なった結果と考えられるが、また更に九年後、亀山皇子後宇多が2歳で立坊する。後深草にも当年4歳の皇子伏見があり、生母も共に左大臣洞院実雄女であったが、後宇多の母が中宮であるのに対し、伏見の母は東の御方と呼ばれる一寵女にすぎない、という身分関係もあり、しかも

現帝皇子の強みには対抗できなかったものであろう。表面化せずとも、後深草の失意、不満の程はいかばかりであったか。

これだけの下地を作っておいて、四年後、後嵯峨院は崩ずる。以後の治世の君については幕府の推戴に任せるとのみの意向であったとの事で、困惑した幕府は両院の母后大宮院（西園寺実氏女）に故院の意向をただし、その旨に従って亀山親政と定めた。二年後、亀山が後宇多に譲位して院政を開始するに及んで、後深草（33）は太上天皇の尊号を返して出家すると表明、結局、伏見（11）の立坊を取りつけて、ようやく和合するに至った。しかしその後も事態は進展せず、十二年の雌伏待期を経て、ついに皇位を践んだ伏見（23）、院政権を得た後深草（45）は、二年後すかさず伏見皇子後伏見（2）を立坊せしめ、以後皇統は「正統長嫡の一流」をもって嗣ぐべき意志を明確にしたのであった。

以上の経過を通観し、殊にも、執拗に反復注記して来た各帝の立坊践祚の年齢に注目するなら、当代、物心ついてはじめて立坊し、成年に達するまでの長年月、強い志を持って帝王学に励んだ上で践祚した天皇は、伏見ただ一人であった事が理解できよう。そしてその帝王学として最も顕著なのが、和歌の勉学であった。

四、春宮の歌事

弘安三年、16歳の春宮の歌事を、飛鳥井雅有日記『春のみやまぢ』によって見よう。そこにはまた、本書にとりあげた、中院具顕・世尊寺定成、そして京極為兼も登場する。

正月廿四日　春宮歌会始。
三月廿二日　春宮御会。
四月廿八日　『続拾遺集』（弘安元年十二月二十七日奏覧）を見る。集中の雅有の恋歌を賞す。
五月廿七～六月一日　探題五百首。
六月二～十三日　古今談義。講師具顕、書き手定成。
　十日　歌合。
　十一～十五日　前の五百首と并せ千首結願。春宮詠殊の外に上達。
　廿二日　千首清書の人数定め。八月十五夜歌合の人数定め。
　廿三日　千首清書。古今談義の案作成を雅有に命ず。
　廿六日　来月より雅有と共に百首の歌を詠むべく計画。
　廿九日　明日より百日の歌合と定め、為氏に出題を求め、人数、十人を定む。
七月一日　歌合催行につき評定。代々集の難義編纂を雅有に下命。
　四日　六月十日歌合の妬あり。
　五日　昨日歌合の判を為氏献進。春宮百首の前例有無につき沙汰あり。
　六日　千首歌為氏合点を進上。雅有作「句抄」の進覧を促す。為兼初参、雅有の進言により、「そとも」の意義、『万葉集』の成立年代を諮問す。
　七日　「句抄」清書の沙汰あり。継百首。
　十七日　『古今集』の不審一巻を雅有に賜い、花山院師継を訪ねしむ。歌沙汰あり、「恋と恨み」の差異につき論議。

廿日　雅有の歌沙汰を賞美す。

八月十五日　続百首探題歌会、「いろは」の沓冠。春宮五・雅有一一・為兼一二・具顕一三・定成五首。

十八日　「句抄」催促。

廿日　人々による『古今』不審を撰び定めて沙汰すべく、雅有に下命。

廿六日　『古今』不審撰定の際、雅有に参候せん事を命ず。

九月四日　後深草院より、「いまだ御きびはなる程」ながら、「御歌沙汰は御心に入りて、古今の御沙汰にまでなり」たる事を雅有に対し賞せらる。

十五日　『古今』不審を書き抜かしむ。

十一月三日　続歌百首。雅有、心に残る作一四首を記す。うち春宮詠五首。

十二月晦日　鎌倉下着の雅有に探題詠短冊外四首を給う。

この年齢にして詠歌への関心・実践の広さ、深さ、並々ならぬものがあろう。

こうして養われた少年春宮の、古典的詠歌能力の程を裏書するものとして、新出の『春宮御集《伏見院》』がある。その優秀性と意義については、注釈の冒頭に述べたが、なお『春のみやまぢ』詠との重複、および後代の二条勅撰集への入集状況をここにまとめて示す。数字は同集詠注釈に付した歌番号である。

春のみやまぢ　弘安三年十一月三日続歌百首

三首　11・3（初句異）・72（初句・下三句小異）

新後撰集　二条為世撰、嘉元元年（一三〇三）

七首　1・11・14・51・61・70（上三句異）・80

続千載集　二条為世撰、元応二年（一三二〇）

五首　3・4・10・16・17

続後拾遺集　二条為藤・為定撰、嘉暦元年（一三二六）

二首　64・67

新千載集　二条為定撰、延文四年（一三五九）

一首　22

新後拾遺集　二条為遠・為重撰、至徳元年（一三八四）

二首　7・36（三句以下37）

計　一七首

宮廷・歌壇対立の激化により、二条家では以後の伏見作品の入手が困難になったという事情はあるにもせよ、16歳程度の若年詠にしてこの実力、という事は、反面、すでに古典和歌の内容表現にあきたらず、未完成の為兼新風に惹かれて行った春宮の姿を、そこに見る事ができるのではなかろうか。

五、為兼の新風

弘安三年七月六日、父為教の忌明けを待って、左中将為兼（27）は春宮に参った。近臣としては初参か、それに近い形であろう。春宮は雅有の進言により、「外面《そとも》」の意義と典拠について、また『万葉集』成立の時代について質問、前者は「北」であるが典拠は知らず、後者は、為家は「文武の時代である」と言ったが、「いささか不審」であると答えた。雅有は「いかさまにも稽古はする」と評した。八月十五夜、春宮方「いろは沓冠続百首」に十二首を詠じている（以上、春のみやまぢ）。十二月十五夜には春宮の師走の月見に、女房らに交り「男には左中将ばかり参る」と、直ちに親近ぶりを示し、何等かの理由で籠居中であった六年四月十九日には、時鳥の初音につけての春宮の見舞の歌を、中院具顕に託して賜わり、その殊遇への感銘を、春宮への返歌と共に具顕との長歌贈答によって示している（以上、中務内侍日記）。

為兼はこれ以前、弘安元年（一二七八）25歳にして弘安百首を詠進、同年成立の『続拾遺集』に、

忘れずよ霞の間よりもる月のほのかに見てし夜半の面影　（九七六）

仕へこし代々の流れを思ふにも我が身にたのむ関の藤川　（一一六七）

の二詠をもって勅撰初入集を果しているが、実はその内心、こうした伝統歌風にあきたらぬ思いを持ち、何等かの新風を模索していた。為兼の歌論書『為兼卿和歌抄』は、本文中の三条実任の官職表記「侍従」「拾遺」によって、弘安八、九年（一二八五、六）の成立と見られる。その中で為兼は、歌とは「内に動く心を外《ほか》にあらは」すもの、事物に「心をよくかなへて、心に隔てずなして」表現するもの、「心をさきとして、詞をほしきま丶にする」もの、

「心のま、に詞のにほひゆく」べきものと、繰返し主張している。すなわち伝統和歌の「詞」の制約を排して、自らの心の真の姿を、自らの虚飾なき表現をもって、正確にうたい出したいと切望していたのである。

為兼は、4歳年長の従兄にして、二条為世の異腹同年の兄弟、南都興福寺権別当実聡僧正と後年親しかった事が知られている（公衡公記）。おそらくその親交は若年時からのもので、その中で為兼は興福寺法相宗の根本教典、『成唯識論』を学び、そこに説かれる「唯識無境」――「外的な事物（境）は実は存在しない。心によって是を認識し、言葉として表わす時、はじめて外的存在となるのだ」という教えに深く感銘して、「和歌もこれと同じだ、心の中に認識し感銘した事象を、三十一字として正確に表現すれば、それが現前する情景となるのだ」と考えたものと思われる（『京極派和歌の研究』17頁以下参照）。

しかし、そもそも「心」とは何物か。あたかも弘安八年四月歌合、十九番に、歌題として甚だ珍しい「心」題が設定され、

左　　　為兼

はかりなき心といひて我にあれどまだその故を思ひ得なくに

右　　　為子

様々に苦しき事も我とのみ思ひ初めける心よりして

の番いに、判者は「此の左歌こそ巧みに及び難き様に見え侍れ。下句などことに思ひ得難う侍り」と讃辞を与え、常識的で歌めかしい為子詠を排して為兼に勝を与えている。一見、甚だ不当な判定であるが、実はこれこそ当時為兼の関心が那辺にあり、周圍もこれを是としていたかを示す指標であり、かつこの判者を春宮伏見21歳以外にはあり得ないとする私見の所以である。他のどのような人物も、この歌にこのような賛辞を与える事はできないであろ

う。

そして翌弘安九年（一二八六）閏十二月十五日、年内立春詠の「立春百首和歌」において、為兼は一つの実験を試みた。すなわち、「年内立春」という、「今年であって今年でなく、春でなくて春である」という矛盾した一日について、次々に自らの心の浮ぶ事象と感想――我が心の「認識」のあり方そのものを、一々三十一字として正確に表現したらどうなるか、という実験である（『京極派歌人の研究』81頁以下・『京極派和歌の研究』30頁以下参照）。その成果として、ついに

百返り春のはじめを迎へ見るもただ一時の心なりけり　（九九）

すなわち「識」――心の働き一つによって、人は百回の立春をも僅か一時間の間に迎え得るのだ、という、「唯識無境」の真理を確認し得たのである。彼は続く十九日、「歳暮百首和歌」にこの実験を繰返し、

はかなげにうちそびく雲もあはれなり春来んのちは霞とやならん　（三六）

のような稚拙とも見える試みで、この新発見を追認している。

『為兼卿和歌抄』の所説ともども、この弘安八・九年の交に、京極派和歌の根本理念は確立し、これを深く理解し共鳴した春宮とその側近グループによって、京極派揺籃期作品群は創り出されて行った。

春宮にこの期の新風作品は見られないけれども、『春宮御集』に見る、それまでの古典消化の達成度からして、そこから大胆に逸脱した為兼の主張に新たな興味を覚え、傾倒に向ったのは、首肯し得る成行きである。またその心友でありながら当時病身で出仕意に任せず、その悲しみの眼に映る、庭前風景の動態を、豊かな文学的感性と深い内面性をもって詠出した具顕百首は、為兼も予見し得なかったであろう、後の玉葉風雅歌風を先取りしている。

西園寺実兼は為兼の主家、また上司であり、春宮大夫という立場でもあって、必ずしも積極的に同調はしないが、

鷹揚に新風を許容し、巧みに取入れてもおり、なお「空性」と署名する51歳以降の十首詠草（目白大学図書館蔵、石澤一志「京極派和歌　資料三種」『国文学叢録』〈二〇一四〉鶴見大学日本文学会）においても、

　あさづくひまがきの竹にうつる色の物よはき声にうぐひすぞ鳴

など、字余りや特異表現に揺籃期歌風の面影をとどめている。定成は書道世尊寺家の人間であるが故の気楽さ、自由さで、むしろ微笑ましく新風を受容し、独特の歌境を創出している。

六、践祚予祝と勅撰撰者願望

春宮の理解信任を得た近臣として、その一日も早い践祚を希望するのは自然の感情であるが、為兼にとってはそれだけではない。歌道家の人間として最高の栄誉である、勅撰集撰者への道が、そこに開けるのである。宗家と不和な庶流の身として、到底不可能な念願の達成が、そこにかかっている。恐らく弘安十年（一二八七）、践祚実現の期待の高まってきた頃の詠であろう、為兼花三十首、

　雲の上にこの春咲かん花の色はなべての色になほぞまさらん　（一六）

はそのあからさまな予祝であり、為兼筆と認定される六九号詠草は某社（賀茂社か）への践祚祈願である。

　在るべきまゝに至らざらむをも疾く致し果てて在るべきまゝに君の世と成せ　（二）

　君の心世に許さるゝ時至りなば苦しと思ふ事までもあらじ　（四）

同様為兼筆とされる六七号詠草は詠出年次不明、恐らく弘安十年十月二十一日伏見天皇践祚、自らの勅撰撰者たるべき可能性の高まった頃、賀茂神社に参籠して霊夢によりその実現を予言された時の詠であろう。或いは後年、永

仁勅撰の頃のものと考えられなくもないが、六九号と共通する詠風からしてほぼ同年代と推定した。

上もなき御法の道に教へ入れて玉拾ふ身と今も成しぬる　（三・六）
我が道をこの社にて開くにぞ神に契りも思ひ知りぬる　（四）
祈り乞ふ心の廻るそのまゝに成るべき夢の告げぞ嬉しき　（七）
よく叶ひ深くをさまる恵みをばたゞこゝになす賀茂の瑞垣　（八）

後年「玉は砕けやすく葉はもろくあだなり」（歌苑連署事書）と難ぜられた『玉葉集』の集名は、三・六番詠によれば、すでにこの時に決定していたのであろう。

為兼には、神仏の啓示を受けやすい、特異な資質があった。伏見院への忠誠という形でしばしばそれをあからさまに発表し、その効果に期待している。正応五年（一二九二）正月十九日には、「政務長久・君臣合体・自身本不生之理発明」の祈請を神に納受されたという夢を見たと伏見天皇に語り（伏見院宸記）、正和元年（一三一二）九月十五日には、「南殿から賢所を拝し、般若心経を廻向したところ、持明院統応護の意を示す和歌の啓示を得た」と花園天皇に語り（花園院宸記）、同二年五月、伏見・後伏見両院書写の仁王般若経・観世音経奉納のため髙野山に参詣通夜、「及《ビ》二深更《ニ》一、霊光赫奕、照躍スル」奇瑞を感得した（後宇多院御幸記。以上、『京極派和歌の研究』152・264頁参照）。

以上の考察からも、両詠草を為兼詠と認め、年代的に花三十首の後に排列した。なお後考に俟つ。

七、伝来・影響・評価

伏見天皇はじめ持明院統代々が、諸記録・文書類と共に勅撰関係資料・歌会資料・側近の詠歌資料等を実によく保存していた事は、『図書寮叢刊』看聞日記紙背文書の目録類によって知られ、井上『中世歌壇史の研究南北朝期』510頁以下・福田秀一『中世和歌史の研究』(一九七二)336頁以下に詳しい考察があり、その驥尾に付して私も『京極派和歌の研究』392頁以下に若干の論を成した。目録中には『玉葉』『風雅』関係資料と共に「人々哥書抜」「和歌雑々」「懐紙《ふるき》雑々」等という資料が多々あり、本書にとりあげた詠草群はまさにその「懐紙《ふるき》雑々」に当るものではあるまいか。

南北朝戦乱の北朝最大危機、観応の擾乱により、捕えられて南山に拉致される直前、光厳院はこれら諸文書を洞院公賢に預け、のち伏見宮に伝えられて伏見即成院(伏見寺)等に寄託された。伏見宮第三代貞成親王は、折々これらを取寄せて点検し、その散逸防止の意図を含めて、紙背に自らの日記『看聞日記』を清書、これによって貴重な京極派揺籃期資料が今日に残ったのである。持明院統代々の文化度を知るに十分であろう。

後代、完成した玉葉風雅歌風から見れば、これら揺籃期詠草は稚拙で顧みる価値もないようにも思われよう。しかし、歴史は繰返す。『玉葉集』完成の年に生まれた光厳院が、元弘元年(一三三一)19践祚、南北朝戦乱により同三年(正慶二〈一三三三〉)21廃位、建武三年(一三三六)24弟光明天皇を立て院政、という目まぐるしい浮沈を経て、ようやく文化的政務たる歌道に心を向け得た時、伏見院・為兼は世を去って遠く、祖母永福門院・叔父花園院は老い、指導者は無かった。新しかった京極派歌風は早くもマンネリズムに陥り、創造の生気を失っていたに違いない。歌人としても新人は女性皇族・女房が大多数で、廷臣にはさほど見るべき人材はない。その中で、自ら指導的立場に立たざるを得なかった光厳院が立ち戻ったのは、前期盛時よりもむしろそもそもの出発点、揺籃期諸作の世界であったように思われる。

小著『光厳院御集全釈』に考察したところであるが、同集詠の諸徴証から推定して、同集は暦応元〜康永元年

（一三三八～四二）、26～30歳頃の成立と考えられる。そこには『玉葉集』『風雅集』には見られない、巧拙を超えた試作的傾向が多々存在するのであって、即ちそれは一旦完成した玉葉歌風を超え、更に新たな風雅歌風を生み出そうとする、指導者・同志を持たぬ光厳院単独の、産みの苦しみを示すものと推測される。全くの臆測に過ぎないが、その時院が帰って行ったのは、戦乱を凌いで保存し来った、「懐紙《ふるき》雑々」の世界ではなかったか。

同集冬部は歌数も全一六五首中の四九首という多きを占めるが、その着想・表現に前代玉葉風を遥かに遡って、「古き雑々の懐紙」と言うにふさわしい、具顕・定成詠草と相通じ、他に類例の考えにくいものを少数ながら見得るのである。

起きてみねど霜深からし人の声のさむしてふ聞くも寒き朝明け　（六一）

起き出でぬ閨ながら聞く犬の声の雪におぼゆる雪の朝明け　（八八）

これらは京極派詠としても甚だ特異であり、

白雪の降りぬと聞けば何となく急がはしくぞ起き出でらる、　（具顕百首五三）

何となくもの言ふ声も冬と思へば冬の物にぞ聞きなされぬる　（七一号定成詠草二〇）

を強く連想させるであろう。また深い寂しみをもって身辺の自然を叙した内面的な詠歌態度には、具顕百首との共通性が感じられる。論証根拠としてあまりに微弱であるかも知れぬが、この外、全歌数一六五首中九〇首、54％という字余り歌の多さ、「うごく」「みじかき」「くだる」「霜にとほる」「霜に薄霧る」「声しづむ」等、独得の措辞使用など、本集には完成した玉葉歌風とも、後に定着する風雅歌風とも異なる、院独自の試みがなされているのであって、それはやはり、緒言に述べた通り、一つの文化が発達の極点まで達した時は、あえてこれを破壊し、新天地を開拓する以外に方法がない、という原則の、当時の光厳院として可能な形での実現であったと考えられる。

指導者はなく、春宮伏見のように競って楽しく研鑽する友もない。戦乱の艱苦を経て、建武三年（一三三六）皇弟光明天皇、践祚、五年皇子興仁（崇光）立坊、延期されていた大嘗祭執行と、院政権者としての形を整え得た時、次に来る文化面の政務、すなわち前代を嗣ぐ京極派歌道振興に当って、光厳院は伏見院以来保管されて来た、勅撰事業にかかわる和歌資料を仔細に点検したに違いない。その中で、院は揺籃期京極派の新生の熱気を深く追体験し、これらの独特の歌風を建立したのではないか。

このような歌風はその後、廷臣女房らともどもの研鑽の中で洗練され、止揚されて、玉葉歌風を更に深化した風雅歌風として定着したが、その動きは前期からの一続きではなく、政治的断絶を挟んで、一旦創出の原点に戻っての再出発、という経過を取ったが故に、根本理念を等しくしながらそれぞれの特色を強く持つ二歌集として結実したのである。その意味で、揺籃期京極派作品は『玉葉集』だけでなく『風雅集』にも遠く影響を及ぼしていると言えるであろう。

「新儀非拠達磨歌」時代に比して、遙かにスケールも小さく、作品も拙いが、一つの新歌風形成には個人ならぬグループの、集中的、真摯な、しかも楽しい実験があった。幸いにも残されたこれら資料を通じて、その生き生きとした姿を見ることができる。いずれの時代にも、グループによる新歌風樹立に当っては、このような試行と切磋琢磨が行われたであろうが、その実態・作品の赤裸々な証左として、このような多人数・多種類の遺作の存在する例は稀であろう。更に言えば、これら諸派に貫通する一本の脊柱は、「正統長嫡」の確固たる自覚をもって践祚の日を待つ春宮のもと、「自らの「心」そのものを率直にうたう、それこそ真の和歌だ」という信念で結集した近臣グループの、文学新生の快い熱気である。玉葉風雅新風形成の真の出発に当っての、貴重な試行詠歌群という意味で、文学作品としての個々の優劣は度外視して、五百余首の集成・注釈を行った所以である。今後の活用を期待するとともに、戦乱政争の時代、これらの文学資料を湮滅から守られた至尊の方々の意に、七百余年を経て僅かながらも報いる事あらばと祈る。

参考文献

井上宗雄　『京極為兼』（吉川弘文館、二〇〇六）
岩佐美代子　「源具顕について――京極派揺籃期一歌人の研究――」（国語国文、一九六八・一〇）
「弘安末年の京極為兼――看聞日記紙背詠草と為兼卿和歌抄――」（国語国文、一九七三・四）
以上、『京極派歌人の研究』（笠間書院、一九七四所収）
「二十一代集巻頭・巻軸歌作者とその玉葉集における特色　附、「定成朝臣筆玉葉集正本」考」（和歌文学研究44、一九八一・三）
「京極為兼の歌風形成と唯識説」（『創立二十周年記念鶴見大学文学部論集』、一九八三）
以上、『京極派和歌の研究』（笠間書院、一九八七所収）
『光厳院御集全釈』（風間書房、二〇〇〇）
鹿目俊彦　「藤原定成について――特に伏見院春宮時代の歌壇を背景にした文学活動をめぐって――」（日大語文34、一九七一・三）
「藤原定成に就いて――特に伏見院即位後の歌壇を背景にした文学活動を中心に――」（和歌文学研究27、一九七一・七）

和歌初句索引

頭字不明

あとがき

昭和四十三年（一九六八）十月の「国語国文」に、四本目の論文「源具顕について――京極派揺籃期一歌人の考察――」を載せていただいたのが、ただの「永福門院大好き！」から「京極派和歌研究者」に私が成長するきっかけでした。その貴重な端緒を作って下さった、『図書寮叢刊看聞日記紙背文書・別記』編者、宮内庁書陵部の伊地知鉄男・橋本不美男両先生はじめ皆様に、深く感謝を捧げます。それにしても、あの長い面白い日記を書いただけでなく、それを自分でお清書するなんて、しかもその料紙として、保存を兼ねて古い和歌資料はじめ各種文書の裏を使うなんて、伏見宮貞成親王という方は何とユニークな方だったでしょう。はるか七百年を隔てて、その御努力にわずかなりともお報いできたとしたら、本当に嬉しいと存じます。

更に国文学研究資料館開館当初、福田秀一先生から写真を見せていただいて夢中で筆写した髙松宮蔵「伏見院御集」の完本が冷泉家時雨亭文庫から発見公表され、私の拙ない推論が裏付けられました事は、まことに思いもよらぬ幸運でございました。

かれこれ思い合せまして、この二資料に既知の弘安八年四月歌合を併せ、京極派揺籃期和歌の注釈を行う事が、私の京極派研究最後の仕事だと考えましたので、一書としてまとめました。前後に類例のない新風、京極派和歌創成のメカニズムを、本書によって理解していただけますなら、望外の幸せでございます。

資料を公表され、また紙焼写真を交付されました冷泉家・国文学研究資料館・宮内庁書陵部、そのために尽力して下さいました佐藤道生・信子御夫妻と石澤一志氏、そしてこれを新注和歌文学叢書の一として刊行して下さいました、編集委員諸氏と青簡舎に、心から御礼申し上げます。

平成二十七年五月五日

岩佐美代子

岩佐美代子（いわさ・みよこ）
大正15年３月　東京生まれ
昭和20年３月　女子学習院高等科卒業
鶴見大学名誉教授　文学博士
著書：『京極派歌人の研究』（笠間書院　昭和49年）、『京極派和歌の研究』（笠間書院　昭和62年）、『玉葉和歌集全注釈　全四冊』（笠間書院　平成８年）、『宮廷の春秋　歌がたり女房がたり』（岩波書店　平成10年）、『宮廷女流日記読解考　全二冊』（笠間書院　平成11年）、『光厳院御集全釈』（風間書房　平成12年）、『源氏物語六講』（岩波書店　平成14年）、『風雅和歌集全注釈　全三冊』（笠間書院　平成14～16年）、『校訂　中務内侍日記全注釈』（笠間書院　平成18年）、『文机談全注釈』（笠間書院　平成19年）、『秋思歌 秋夢集新注』『藤原為家勅撰集詠 詠歌一躰 新注』（青簡舎　平成20年・22年）『和歌研究　附、雅楽小論』『枕草紙・源氏物語・日記研究』（笠間書院　平成27年）など。

新注和歌文学叢書16
京極派揺籃期和歌 新注
二〇一五年五月三〇日　初版第一刷発行
著　者　岩佐美代子
発行者　大貫祥子
発行所　株式会社青簡舎
〒一〇一-〇〇五一
東京都千代田区神田神保町二-一四
電　話　〇三-五二一三-四八八一
振　替　〇〇一七〇-九-四六五四五二
印刷・製本　株式会社太平印刷社

ISBN978-4-903996-85-1 C3092